村串栄一

不死身のひと

脳梗塞、がん、心臓病から15回生還した男

講談社+α新書

はじめに

二〇一七年の年賀状に前年の病気のことを書いた。「凄絶ですね」「不死身ですね」「やまいの総本山だな」など電話をもらった。恥ずかしいことで、あんなこと書かなければよかったと後悔したが、あとの祭りだった。

ある編集者から「ご自身の体験を本にして読んでもらったら、元気づけられる人もいるはずですよ」と誘いがあったが、恥の上塗りはしたくなかった。申し出は丁重にお断りした。

東京新聞（中日新聞）で新聞記者として四十年間、取材し、執筆し、人さまのことを書いてきたが、自分のことを書くなんて真っ平だった。

とはいえ、かつて『がんと明け暮れ』（弓立社）という単行本を著したことがある。長いつき合いの編集者に頼まれ、体験記を綴ったものだった。これが本屋に並んだのだが、赤面のいたり。「私が書いたものではないのです」と叫びたい思いだった。

新聞社を六十五歳で完全退職してからは、がん治療の合間を縫ってノンフィクション関係の本を書き、雑誌に論考を寄せてきた。記者時代は経済、企業関係の事件を扱う検察、国税担当が長かったことから、企業コンプライアンスについて講演を頼まれることもたびたびあった。

二〇一六年春、ちょうど講談社から出版予定の『台湾で見つけた、日本人が忘れた「日本」』の最終校閲をしていたときだった。相模大野（さがみおおの）駅で倒れた。脳梗塞だった。お医者さんの懸命の治療によってかろうじて命を取りとめた。壊れた心臓が原因だった。胃、食道、咽頭にがんを発症していた身体に、さらに、脳梗塞、心房粗動、心房細動、肺炎、腎臓病が加わり、それでもまだ生きている。自分でも不思議だ。

何回も死んでいるはずだった。人は「しぶとい」と言う。しかし、生き還ったのはまぎれもない。

記録しておくのもいいかな、こんなバカな病人がいるということを知ってもらうのも世のためになるかな。そんな考えが頭に浮かんだ。しかし、おこがましいし図々しすぎないだろうか。自分を題材に書くなんて。

事件原稿などノンフィクションばかり書いてきた男が、自分をノンフィクションの取材対象にする。どうしたものかぼんやり考えていた。

二〇一七年正月、酒席で講談社幹部からひと押しがあった。「ぜひ書いてください。多くの人に勇気を点火するかもしれませんよ」。うーん、じゃあ、やってみようか。点火されたのは私のほうだった。

六十八歳だし、まあいいかと、筆を執った次第である。以下の話は物語にもならないやまいとの〝交遊〟物語である。

◉目次

第3章　医療検査に怯えるな

第4章　後遺症の懸念

第5章　恥ずかしき病歴

第6章　がんセンターとのつき合い

5月	6月	7月	8月	9月	10月	11月	12月
白内障					舌がん		
		下咽頭（扁平上皮）がん					
				食道がん	貧血、腎臓	心房粗動、心房細動	
		食道がん					
		胃３分の２切除					

病歴一覧

西暦	平成	年齢	1月	2月	3月	4月
2017	29	68				舌がん、 中咽頭がん
2016	28	67			脳梗塞（心原性脳塞栓）	ペースメーカー、 肺炎治療
2015	27	66				
2014	26	65				
2013	25	64	中咽頭がん			
2012	24	63				
2011	23	62				
2010	22	61				
2009	21	60				食道がん
2008	20	59		食道がん		中咽頭がん
2007	19	58				
2006	18	57				
2005	17	56				
2004	16	55			過換気症候群	胃がん、 食道がん
2003	15	54				

第1章　天地が崩れた

1　相模大野駅で

芋焼酎

二〇一六年三月三十日午後四時過ぎ、神奈川県相模原市の小田急電鉄相模大野駅に行った。春とはいえ、風があり、寒い日だった。千円理容店で散髪してもらい、妻と天ぷら定食を食べた。電器店でパソコンプリンターのインクを買い、駅ビルにある眼科に向かった。

先に帰ると言う妻と別れ、処方してもらった老人性白内障の目薬を薬局でもらい、さて帰ろうと改札口にパスモをかざした。

もちろん、この後の予兆など微塵もなかった。

一階ホームに下りて各駅停車に乗り、座間駅で降りればいい。しかし、待てよ、妻がいない。つまり監視人の目がない。駅構内にあるスーパー・小田急OXのミニコンビニが目に入った。勝手に身体がコンビニに向かっていった。新聞を買った。そして缶入り芋焼酎を棚から手にした。

ちょっと舌を湿らそうという、酒飲みの浅はかな分別なき行動だった。売店の女性店員に三百何円だかを払い、「ありがとうございました」の声とともにコンビニから出ようとした。

突然、身体がぐらりときた。まだ店を出るか出ないかぐらいのところだった。足も頭も崩れ落ちそうになった。

「なんだこれは！」

過去、さまざまな病気を経験してきたが、こんなことは初めてだ。

コンビニの出入り口の柱を掴んだ。しがみついていなければ、ずるずるとしゃがみ込んでしまいそうだ。目の前にベンチが見えた。

楽しそうに語っている親子連れ、しきりに時計を眺めているサラリーマン。「あそこまで行って腰を掛けよう」と思ったが、身体がまるで動かない。目を開いても前方にはピカソの「ゲルニカ」か、ムンクの「叫び」の画像が蠢いているかのようだ。

「こりゃだめだ」。おしまいかもしれない。覚悟を決めた。

雑踏のなかに昏倒

天地が割れたようだった。次第に意識が薄くなっていく。必死で柱に抱きつきながら考えたことは、ポケットにしまい込んだ焼酎をどうするかだった。ベンチまで歩いて、座ってひと飲みすれば、気つけになり、身体は元に戻るかもしれない。そんなばかなショック療法が頭に浮かんだ。

しかし、ベンチまで歩くことができない。柱にもたれたまま動けない。意識は薄れていく。もう、地獄か天国かにいるようだった。

目の前にコンビニのゴミ箱があった。「ビン、カン」の表示が見えた。どうするか。泣く泣く捨てた。カランと音がした。倒れて妻にポケットをガサ（捜索）され、焼酎が出てきたとなったら怒られるだけでは済まない。「罰当たり」。そんな声が聞こえてきそうだ。

病気の連続から我が家では哀しいかなお酒、たばこはご法度（はっと）なのだ。さらば芋焼酎。涙とともに見送った。

倒れた相模大野駅

事態の好転を期待したが、前後左右も分からなくなってきた。「危ないな」「ついにおさらばか」。しがみついていた柱から手を放すと、倒れてしまう。

コンビニの女性店員さんに駅員さんを呼んでもらうよう頼んだ。声が出ない。「今、呼んでいますから」すでに連絡してくれたらしい。女性は「椅子を持ってきましたから、ここに座ってください」と言うが、身体はまったく動かず、その椅子までたどりつくことができない。

うちに帰ろう

三月下旬の夕方。コンコースのどこかから春にはふさわしくない冷たい風が流れ込んでくる。寒い。身体は凍っている。頭がグチャグチャになっている。余計に寒い。コンコースでは電車に向かう人たちがおぼろげに見えた。

「早くおうちに帰ろう」。自宅の座間は電車で三つ目だ。家の近くの桜の老木は立派な花をつけていることだろう。庭の植物も春の息吹を感じているだろう。「早くおうちに帰ろう」という思いが頭を巡った。

晩メシ用に本マグロの刺し身でも買おう。帰ったら、原稿を書いて、俳句を作って、台湾取材旅行の準備をして、庭いじりをして……。日常生活を取り戻せるとその時点まで信じていた。

いつの日か還りゆく土霜降りる　栄酔（筆者の俳号）

2　天国が目の前に

滲む目で遺書を

身体が崩れて五分もしないうちに小田急の駅員さん二人が車椅子を持ってきてくれた。しかし、自力では乗れない。二人に抱えてもらい、なんとか車椅子に座って駅事務室に向かった。ちょっと待てよ、妻に知らせなければならない。スマホを取り出し、電話番号を探るが、指がうまく動かない。もどかしそうな手つきに駅員さんが「私がやりましょう」と代行してくれた。幸い自宅に帰っていた妻と連絡がとれ、駅事務室に至急来てくれるよう伝えてもらえた。

駅事務室で「横になってください」と言われ、ベッドだったと思うが、ぐったり身体を沈めた。

また、待てよ、である。このままくたばってしまったら、家族と永遠の別れになってしまう。最期になるかもしれない。力を振り絞って別れの文言を書こうとした。動かない手で、かろうじてコートの内ポケットからメモ帳とボールペンを取り出した。

涙で滲む目、震える手。駅員さんに「これだけはなんとか」とお願いして、書き始めた。身体が揺れ、目も霞んでいる。よれよれの字だ。

それでも妻には確か「ありがとう」、長女には「お母さんを頼みます」、長男には「仕事を頑張って」と書いたような記憶がある。メモに涙がしたたり、字もミミズのノタクリで、くしゃくしゃだったかのように思う。

記憶というのは曖昧なものである。「言った」とか「言わない」とかの喧嘩もそうだが、極限のなかでの動作はその後、夢か現か混濁してくる。

「確か、メモを書いたはずだが」程度の記憶しか残らない。それも妄想の中の出来事なのかもしれない。その後、妻によるとメモは確かに存在していたらしい。どうも妻が密かに保管していることがのちに判明するが、今さら返せとは言えない。

もう死んでいるのか

遺書めいたことを書いて、あとは駅事務室でばったり。意識は完全になし。後日、聞いたことだが、妻が駅に到着し、前後して駅員さんが手配してくれた相模原消防署の救急車が駅のタクシー乗り場のほうにスタンバイし、病院に向かったらしい。今どこにいるのか、どこの病院なのか、何の病気なのか、さらに、生きているのか死んでいるのかさえ分からない状況だった。

妻は何か、筆者の目に涙がひと筋、ふた筋流れているようなことを言っていた。救急車のなかで救急隊員が「手を上げて、足を上げて」などと言ったらしいが、手足はふにゃふにゃだったという。右側の眼、頬は垂れ下がり、そこに生物は存在しなかったとも言う。

相模大野駅は小田急本線（小田原線）と江ノ島線が交差する大きな駅だ。箱根方面や江ノ島方面に通じる。快速急行に乗れば新宿まで三、四十分。駅は人で賑(にぎ)わい、駅ビルは買い物客であふれ、世の中は春の到来にはしゃいでいた。自分の身体は虚空を浮遊しているだけだった。

3　意識喪失

救急処置室

これもあとから家族、お医者さん、看護師さんらに聞いたことだが、相模大野駅から救急車で十分ぐらいの北里大学病院に運ばれたという。その日の午後五時ごろから治療が始まったらしい。

妻の話ではこうだ。

「救急車に同乗して病院に向かいました。どうしたの、どうしたのと話しかけましたが、応答はありませんでした。いろいろ病気をやった人ですが、今、何が起きているのか、目を覚ますのか、どうなるのか、不安だけが込みあげてきました」

「救急隊員の方が右腕を上げて、と言うと一旦上げるが、すぐだらり。右足を上げてと言われ、上げたようだが、やはりバタンとおろしてしまう」

少し応答するということはまだ若干の意識があったのだろうか。これも覚えていない。妻は救急車の中で救急隊員の方から「どうやら頭のようです」と伝えられたと言う。

救急車で北里大学病院に搬送され、一階の救急処置室に到着した。これも妻の話だが、「何人かのお医者さん、看護師さんが即座に治療に当たってくれました」と言う。自分はすやすや寝ているだけだから知る由もない。

脳の専門医で神経内科のお医者さんが、懸命に治療をしてくれたという。脳への血流に圧力をかけないよう、血圧を下げ、その他の器具類も身体に当てられ、股から頭めがけて、チューブ（カテーテル）が挿入された。どうやら検査で脳梗塞との判断だったようだ。

脳に詰まった血栓（血の塊）を除去する術が施されたと言う。意識がなくても身体は反応していた。治療中にやたら寒い寒いと言っていたらしい。血圧を低下させたため、そうなると聞かされた。

丁寧な状況説明

どれぐらい時間がたったのだろうか。身体は救急処置室からストレッチャーに乗って本館四階の救命救急病棟（ＥＩＣＵ）に運ばれた。

あまり楽観できる病状ではなかったと妻は言う。「脈拍が下がり、20になりました。すると、看護師さんが飛んできて、また処置室に運ばれていったのです」「お医者さんは、もう一度頭を探りますが、だめだったら、脳に到達しているカテーテルで血栓を除くことになります、とおっしゃいました」

自分は寝ているだけだから、気楽だったかもしれない。死んでいるとまで思っていたのだから、外界の出来事に耳を傾けることもなかった。

長女が都心の自宅から駆けつけてくれた。

「脳をやられたのなら、もうだめかもしれない」。相模大野駅からのタクシーのなかで泣きながら弟の長男に電話をかけたそうだ。長男は「今、妻と一緒に病院に向かっている。大丈夫だよ。お父さんはこれまでも死にそこなって、何度も息を吹き返してきたんだから、大丈夫だよ」。姉を元気づけたらしい。

救急処置室の隣の控室で成り行きを見守ってくれた家族。担当のお医者さんがやってきては病状、治療の経過を詳しく説明してくれたらしい。

妻によれば「先生は記憶、言語機能に問題はないと思いますと言ってくれて、丁寧に応対していただきました。お医者さんだけではなく、看護師さんもテキパキしていて、ほんとうにありがたいことでした」

治療は夜の八時過ぎまでかかったという。六十七歳の爺さんを、ここまで面倒を見てくれるなんて、ありがたいことだ。

曼珠沙華傾く海に墓と立つ　栄酔

4　不死鳥か

家族の顔が見えた

その日なのか、翌日なのか、何日経ったのか分からないが、ＥＩＣＵの緊急待合室に妻、長女、長男夫婦の顔が見えた。

フリーライターで都内在住の長女はフランスに留学していたことから、時間ができればフランスに出掛けている。長男は製薬メーカーに勤務し、妻と都内のマンション住まい。我が家は六十歳代後半になる老夫婦二人暮らし。余裕があれば海外旅行をしたいと夢見ている。

家族紹介はさておき、ＥＩＣＵで妻は「ベッドで赤灯が光って、二回も処置室に戻ったのですよ」と言う。相模大野で食べた天ぷらをゲーゲー吐き出したせいで、以後、現在まで天ぷらは忌避している。

この時点ではまだ、意識は不明瞭。家族にたわごとを言い、怒ったようだったという。まったく覚えていない。家族がいることには瞬時反応したが、すぐにばったりと寝てしまう。意識がきちんと戻ったのはしばらくあとだ。

ベッドで少し目覚めるようになり、頭に手を当ててみた。包帯はないし髪の毛はある。看護師さんに聞いてみた。「開頭したのですか」「いいえ。股から頭までチューブ（カテーテル）が入っています。横向きになったり寝返りを打ったりしないでください」だった。このとき、初めて病名を脳梗塞と知った。

ｔ－ＰＡという薬

生きているという実感を覚えたのは二、三日後だったと思う。家族は、「ｔ－ＰＡ」という薬が投与されたが、効かなかった場合、カテーテルで除去することになるかもしれないと言われていたそうだ。

後学の知識だが、「ｔ－ＰＡ」は脳に詰まった血栓を溶かす薬で、血液をサラサラにするという。脳出血を起こす可能性もあるらしい。しかし、血管を開通させなければば脳組織はどんどん壊死していく。時間制限がある。発症から治療まで短い時間だったため、投与が検討されたが、さまざまな条件も付されているという。のちほどお医者さんの説明を紹介する。

さて、ぼやっとした頭が淡く過去を追っている。そうだ！　ここで崩れるわけにはいかない。治るだろう。復活したら春の日差しがまぶしいだろう。そして「悪運」に「運」を託し、「なんとかなるだろう」と、いつものような楽観に生を預けた。

梅の雨やや書に倦んで茶の仕度　栄酔

5　悪運強し

水が飲みたい

脳梗塞といえば、血の塊が脳を襲い、血流を止めてしまう病気である。頭から全身への指令機関の一部が麻痺（まひ）してしまう。ベッドのなかでそこまでは考えたが、詳細は不明だ。

それより「水が飲みたい」「お酒が恋しい」「寝返りを打ちたい」である。どこまで能天気なのか……。

聞いたところ、お医者さんだったか、看護師さんだったかが、こう言っていた。「駅のコンコースで倒れて、通行人がいっぱいいたから、通報が早かった。駅のホームで発症したら線路に転落することもあります。暗い道では誰も気づきません。それから、この病院まで救急車なら十分ほどで来られます。運がよかったのですよ」

あのコンビニ焼酎のおかげで、駅階段、ホームでの昏倒を免れたのだと、都合のいい解釈をした。あのまま階段を降り、ホームに向かっていれば、階段転倒、線路転落があったかもしれない。急襲される場所を選ぶことはできないけれど、倒れたらすぐ119番することが肝要なのだ。

噴飯もの

それにしても話を聞いて、ため息をついた。「また、運に助けられた」。「悪運」が強いのだろう。

この「悪運」、『日本語大辞典』（講談社）にはこう載っている。「悪いことをして、その報いを受けずにすむこと」。確かに、暴飲暴食、朝帰り、家族を顧みず、すべて仕事を優先させてきた過去がある。反省。遅いか。「報い」がやまいとなって現れたのか……。

このあとお話しするが、がんの多発、心臓病など危ない病気を抱えながら六十八歳まで生き延びてきた。健康維持努力などは励行したことがない。やはり、「悪運が強い」のであろう。

「噴飯(ふんぱん)もの」とも言いたいところだが、この「噴飯」も正しくは「けしからん」ではなく、「ぷっとふき出して笑うこと」とある。「破天荒な男」ともよく言われる。破天荒も辞書には「誰もなしえなかったことをすること」とある。「でたらめ、破れかぶれな人」のことではない。なるほど。

第2章　北里大学病院

1　気がつけば病院

隣にゴルフ場

前章末で述べたように、「噴飯もの」「破天荒」という表現は間違い解釈が多い。「よからぬ」意味が流通している。悪い意味が自分にマッチしていることも自覚のなかにある。別の表現の「不埒者（ふらちもの）」という言葉のほうがフィットするかもしれない。それでもマイナスをプラスに転じたいと念じている。

そんな老齢男の面倒を見てくれて、再び命を授けてくれた北里大学病院は、神奈川県相模原市南区北里にある。小田急線相模大野駅からバスで二十五分。タクシーで十分の林間地にある総合病院である。

大きな病院だ。院内にコンビニが二軒、レストラン、スターバックス、本屋の有隣堂、理美容室、外来者用のラウンジなどが併設されている。治療施設がなければ快適なリゾートホテル空間である。

病院の隣には優雅でフラットな相模原ゴルフクラブがある。冬のウィークデーでもプレーしているグループがクラブを握っている。うらやましい。

病院にはありとあらゆる診療科目がある。最新の検査機器類が整っている。歩けるようになって、よく見渡すと、いやいや、すごいこと。「スタバ」の壁の表示板には患者、付き添い人のため、内科、専門内科、外科、眼科などの診察順番が表示される。お茶を飲んで、ケーキをほおばって、ちらりと見るや「もうすぐ診察だから」とバッグを手にする。

北里柴三郎ゆかりの病院

病院の広報担当者によると、本院（大学を含む）の敷地面積は三十五万平方メートルに及ぶ。医師約四百六十人、看護師約千三百人、検査技師約百二十人、放射線技師約八十人、薬剤師約八十人、事務職員約百五十人などで、計約二千七百人が病院運営に当たっている。

お世話になった北里大学病院

一日平均の来院患者数はおよそ三千人に上る。診察が終わると自動精算機に診察券を入れれば即座に支払いができる。会計待ちということはない。

　この病院は破傷風などの細菌研究で功績を挙げ、「日本の細菌学の父」として知られる北里柴三郎（きたさとしばさぶろう）博士の「北里研究所」に由来を持つ。研究所開設五十周年記念事業として、まず、北里大学が開校された。そして実学精神に基づき、一九七一（昭和四十六）年、北里大学病院が開院した。

　二〇一五年には同大学の大村智（おおむらさとし）氏がノーベル生理学・医学賞を受賞した。相模大野駅や病院玄関に「祝　ノーベル賞」の幟（のぼり）がかかった。

病院前を車で通ったことは何回かあるが、どんな施設なのかは知らなかった。縁はないなと横目で見ていただけである。まさか、そこに救急搬送されて治療を受けようとは考えもしなかった。運ばれて初めて病院施設の内実を知った。

病院には北里大学東病院が併設されている。回復期リハビリ、在宅・緩和支援などを受け持ち、本院と連携しながら治療を行っているところだ。

2　担当医の話

右側完全麻痺か

駅で倒れて、何がどうなったのか分からないので、後日、本院からバスで相模大野駅寄りに二つ目のバス停そばの北里大学東病院を訪ねた。ここもこんもりした森に囲まれ、静かに佇(たたず)んでいる。

この東病院に勤務する高橋和沙(たかはしかずさ)先生は筆者の脳梗塞の手当てをしてくれた担当医である。高橋先生は二〇一六年秋、本院勤務から東病院に異動していた。訪ねた二〇一七年二月、高橋先生は資料を用意し、待っていてくれた。

以下は先生に説明していただいた当時の病状、治療経過である。

＊

――発症当時、意識がなかったのでお尋ねしますが、二〇一六年三月三十日はどんな状況で病院に運ばれたのでしょうか。

「午後四時三十五分、駅で倒れたという救急連絡がありました。右側が麻痺しているとのことでした。五時十九分、病院の救急搬送口に救急車が到着し、直結する一階の救急処置室に運ばれました。治療を始めました。救急隊員の方の話では脳卒中ではないかということでした」

――症状はどうだったのでしょう。

「意識レベルはＪＣＳ３桁でした。呼び掛けてもだめ。刺激を与えてかろうじて反応するという数値です。目も開かない。反応に乏(とぼ)しい症状でした」

「右半身の手足が動かないのです。右顔面が麻痺し、歪(ゆが)んでいる。右側に異変があるということから左側の脳の障害が考えられました」

原因は心臓にあった

――どうなったのでしょうか。

「右半身はもうだめかと思いました。十分間、診察や採血などを行い、五時二十九分、造影剤を注入して頭部のCT撮影をしました。脳底動脈という血管が途絶していることが分かりました」

「そこの血管が詰まっているのです。ご家族の話では心房細動(しんぼうさいどう)を経験しているということで、多分、心臓によどんでいた血栓が頭に飛んだのだと判断できました」

――心臓に起因があったのですね。

「心臓はポンプのように血液を全身に送り出す働きをしています。動きを乱れさせる心房細動があると心臓が正常に動かなくなります。すると、心臓に血液がよどみ、滞留し、これが塊となって脳に送られてしまうのです。CT画像と病歴からおよそ心原性脳塞栓症(のうそくせんしょう)であろうと想定できました」

――そうですか。右半身麻痺の可能性があったのですか。そんな深刻な事態にありながら、こちらは眠りこけているだけでした。で、どんな治療をしていただいたのでしょうか。

「運がよかったというか、治療まで早かったので、ｔ－ＰＡという薬剤を使用することができました。血液をさらさらにする薬です。脳の詰まったところを再開通させるため、点滴しました。比較的新しくできた薬です。効果を期待しました」

発症四時間半が勝負

「ただし、ｔ－ＰＡは発症後四時間半以内でないと打つことができません。四時間半が勝負です。血がいかないと脳はどんどん壊死します。薬は時間が経って脳の細胞が死んでしまうと効果がなくなります。早かったので効果が出るだろうと思い、投与しました」

「投与にはいろいろな条件があります。脳出血の既往歴、血小板の数値、出血の合併の可能性など禁忌（きんき）の項目を探りましたが、村串さんの場合はこれらをクリアしていました」

「五時五十四分、投与しました。効いてくれるだろうと思いました」

――意識が戻ったあと股（鼠径部（そけいぶ））を見たらチューブが挿入されていました。あれはなんですか。

「脳外科の先生らも含め、五、六人の医師が治療台を囲んでいました。今回のように太い血管が詰まった場合、血管内治療を施すことがあります。そのためのカテーテルです」

「六時七分、カテーテルを挿入し、脳まで到達しました。この治療も発症後八時間以内が限度です。カテーテルで造影剤を水先案内人に探ったところ、開通していることが分かりました」

脈拍、血圧低下

――カテーテルが脳血管の流れを把握してくれたわけですね。

「薬の効果があったのです。何より早い治療がよかったのでしょう。血管が開通したため、カテーテルでの血栓回収は行わず、七時十九分に検査を終了し、八時半に症状が改善したことを確認し、四階のＥＩＣＵ（救命救急病棟）に移動してもらいました」

（治療中、〝開通〟したというような声がかすかに聞こえた）

——でも、そのＥＩＣＵで「脈拍が急に下がって看護師さんが飛んで来た」と家族が言っていましたが、何が起きたのですか。

「脈拍が20まで落ちたのです。血圧も測定不能なぐらい低下しました。循環器の先生が脈を上げる処方をし、落ち着いたようですよ」

——よく呑み込めました。丁寧にご説明いただきありがとうございました。

＊

あらためて現代医療のすごさを覚え、というよりお医者さんの懸命な対応に感謝した次第である。

脳卒中に襲われれば、身体麻痺、言語障害、記憶障害などの後遺症を抱える人も少なくない。なかには亡くなられる方もいるという。

脳梗塞、脳出血などはいかに早く対応してもらうかにかかっているようだ。早期発見、早期治療がいかに大切か。「おかしい、ぐらりときたら救急車を」ということを学んだ。

3　SCUに移動

温泉で倒れた過去

前兆はなかったと言ったが、血圧が高いこと、脈拍数が乱れていることなどは別の病院のお医者さんから聞かされていた。なんとなく疲労感はつのっていた。それでも倒れるまで、ちゃんと歩き、お昼ご飯を食べ、帰り道で買い物もしていた。アタマがやられるという前触れはなかった。

ただ、思い起こせば、前年（二〇一五年）春、能登半島でゴルフプレーをしたときのこと。昼メシで上がってきて、どうも疲れるので半分でやめた。そして温泉に浸かった。お湯が熱かった。浴槽から上がった途端、意識を失った。タイルの壁に頭をぶつけてしまった。

他の入浴者が「大丈夫ですか」と駆け寄ってきてくれた。すぐ目を覚まし、「ありがとうございます。起き上がれますから大丈夫です」と言って、自力で脱衣所まで歩き、籐椅子で涼んで体調は元に戻った。

単なる「のぼせ」だろうと思った。今、考えれば違ったかもしれない。テレビなどの医療番組や医学解説書によると、冬場に寒い脱衣所で服を脱ぐと血管が縮まり、血圧が上がる。そのまま熱い風呂に入ると、今度は血管が拡張して血圧が下がる。極端な変動で脳卒中を起こしてしまうことがあるという。あの風呂場での〝事件〟がサインだったのかな、と推測したが、真偽はどうか分からない。

今、脳卒中と言ったが、このカテゴリーには脳梗塞（心原性脳塞栓）、脳出血、くも膜下出血などが入るそうだ。いずれも脳の血管の問題で、血栓で閉塞したり、血管障害で出血したりで重篤な症状に陥ることが多いという。

筆者の場合、一命を取りとめ、障碍はそれほどなく改善した。やはり「悪運」が強いとしか言いようがない。運まかせ。情けない。

寝返りもだめ

ＥＩＣＵから次に移されたのは「ＳＣＵ」という病棟だった。脳卒中患者をケアする専門病棟だ。本館八階にある。看護師さんも心得た人ばかりだ。看護師さんは病棟の中央カウンターに二十四時間駐在し、患者に目を凝らしている。最初は看護師さんが刑務所の刑務官のように見えた。患者の一挙手一投足を見逃さないという〝監視員〟だ。

脳卒中患者が集まるＳＣＵには放射状に十人ぐらいの患者ベッドが並んでいる。血圧、心電図の異常サインがあれば、すぐ飛んでくる。点滴の交換、大小便の処理など大変な仕事である。頭が下がる。

実際、鼠径部から脳に達するチューブ（カテーテル）が入ったままで、寝返りを打ってはだめ、頭を起こしてはだめ、水、食べ物もだめである。足には動きを封じるため、紐が巻かれ、ベッドの柵に括（くく）り付けられている。

身体には血圧計、心電図計、酸素飽和度計、各種点滴がぶら下がり、尿道には垂れ流し可能なチューブが挿入され、血栓防止のための締めつけ靴下も履かされている。

身動きが取れない。ちょっとでも身体を動かそうものなら看護師さんがカウンターからやって来ては「だめですよ」である。

怒ってばかり

こちらはアタマをやられていたが、どういうわけか怒ってばかりだったという。身体の不自由さも理由かもしれない。何より、水分なし、食事なしがきつかった。看護師さんに「口をゆすぎたい」と言ってグラスを所望する。が、実は少し飲み込んでいたのだ。

小便は垂れ流しで済むが、大便はどうするのか。四、五日目にもよおしてきた。看護師さんに小さい声で「大便が……」と言うと、何やら水枕のような、真ん中が割れたゴム毬（まり）のような、古風な容器を持ってきた。昔の感覚で言えば、琺瑯引（ほうろうびき）の白い容器が股下にあてがわれるのかと思ったが、ゴム毬に腰を乗せ、排泄した。

少し落ち着いてきた。となると、お酒、たばこが無性に恋しくなる。もう何日もご無沙汰している。病室に携帯電話がかかってきた。看護師さんに「電話はだめですよ」と厳しい口調で言われたが、かかってきた電話には応答せざるを得ない。仕事、原稿書きの話だった。「今、病院に入っている。北里大学病院。退院したらこちらから連絡します」と携帯を終わらせた。病室にいてもしがらみはいっぱい絡んでくる。

その数日後、知人の男性二人が見舞いにやって来た。入院のことは家族以外、知らせていない。電話がかかってきたので「今、北里大学病院に入院中」と言ったのみだ。小便垂れ流しの身だからねー。見舞いは遠慮します。

二人は何か、かわいいブーケとケーキらしきものを持ってきてくれた。仕事の話をちょっと交わして、「退院したら一杯やりましょう」ということになった。わざわざ都心から相模大野まで来て見舞ってくれた。ありがたいが、原稿書きの仕事の要請は、アタマが整理されていず、まとまらなかった。

まだ浮遊中

彼らも「怒ってばかりだった」と言っていた。覚えていない。確かに家族に「パソコンを持ってこい」「スマホの充電コードを早く」「カバンを」など無理難題を要求していたらしい。突然、倒れて丸腰だったから、日常行動の道具は何もない。欠如が不満顔になっていたのだろうか。看護師さんにも八つ当たりして迷惑をかけたというのだ。申し訳ないことだ。

長女の解説によると、「脳梗塞をやった人はだいたい、怒りっぽくなる」ということで納得した。脳がやられているから、いらいらが昂じ、自分が何を言っているのか分からず、不満をぶつけていたのではないかと考えた。

まだ、自分がどこにいるのかはっきり分からなかったが、次第に点滴、導尿チューブなどがなくなってきた。検査のためストレッチャー、車椅子で院内を移動した。世の中の日常生活が少し見えた。見舞客、患者が笑いながら話をしている。

階下にはコンビニ、書店の有隣堂、理髪・美容室、花屋さんもある。簡易図書館も備えられている。なんとか通常の人間生活を営みたいと渇望し、こっそり階下に歩を進めようとするが、すぐ看護師さんに発見されてしまう。「今は一人で歩いたらだめですよ」。なんとかコンビニぐらいは行きたかったのだが。

そんな優雅で行き届いた病院である。でも、ＥＩＣＵからＳＣＵの部屋に移されたものの幽閉の身に変わりはない。病人だから仕方ないし、大人だから、と思いながらも、病院のベッド生活から早く解放されたかった。

食い食われ切り抜けてきて泥鯰　変哲（俳優小沢昭一の俳号）

＊小沢昭一著『思えばいとしや〝出たとこ勝負〟』（東京新聞出版）

4　心臓治療に入る

ペースメーカー埋め込み

SCUから一般病棟に移動したころのことだ。

お医者さんは「血栓が脳に飛んだのは心臓が原因の可能性が高い。こちらの病院でペースメーカーを入れる手術をしましょう」と提案してきた。

「こちら」というのは、実は別の病院で治療を受けることになっていたからだ。昏倒直前、その手術をやってもらう予定を立てていたのが神奈川県大和市にある大和成和病院で、心臓の専門病院である。北里大学の先生はうちのほうから大和成和病院に連絡をしますからと言う。

脳梗塞は「心原性脳塞栓症」の病名だから、文字通り心臓に起因しているのだ。心臓の乱れた動きで血の塊が心臓にでき、アタマに飛んでしまう。ものの本によると、血栓の大きさは一センチを超えることもあるという。その発生源が心臓だった。

脳梗塞は再発の可能性がある。元凶を捉えなければならない。

入院二週間後ぐらいのとき、心臓の手術になった。先生は「局所麻酔で二時間はからないと思います。心房細動も制御するため心房と心室に二本のリード線を繋ぐことになります」と言う。

入院中にまた手術室に運ばれた。循環器内科のお医者さんが二、三人いて、手術台に乗った。左胸に麻酔注射を打たれた。「痛い」と思うと、また入れる。左肩甲骨だかなんだか、その辺まで注入していく。歯医者さんで麻酔注射の痛みを軽減するため予備麻酔を噛まされたことがある。注射部分に何か麻酔薬をピチピチと貼り付け、それから本麻酔になる。痛くもなんともなかった。「へー」と感心した。

そんなことはできないのだろうか、なんて考えているうちに、左胸上部にメスが入り、切り裂いているようだ。意識があるから不安になる。ならば全身麻酔のほうがありがたい。

電気信号で動く心臓

ペースメーカーを埋め込み、リード線を心臓につなげ、手術は終わった。心臓はペースメーカーの電気信号によって動きを正常化することになる。不思議だが、胸をメスで裂いたのだから、痛むだろうと思ったら、それがない。腕時計大の異物が胸に入っているのに、違和感はない。最近の医療技術には感服である。

それればかりかペースメーカーの異常を知らせる送信機も自宅に置くように言われ、緑ランプだけの間は安心だそうだ。電磁波や磁気からの影響もあるというが、昔ほど気を遣わなくても済むように改良されている。

先生は脳梗塞の再発症を防ぐため血液をさらさらにする薬の服用が必要だと言う。「最新の薬です。血栓ができたときだけやっつけるイグザレルトという薬を処方します」。このままだと生涯服用しなければならない薬だという。命があったのだから、それくらいの手間を惜しむつもりはないが、なんとも大ごとになってしまった。

これも前から気になっていた肺炎症状だが、ＣＴ、レントゲン検査で過去の疾患の残骸が残っているという。その点滴治療も施してもらった。

5　生きて帰れるとは

手錠が外れた

もう桜の季節が終わり、ゴールデンウィークが始まるころ、先生がやって来て「MRI画像で見る限り、経過は良好のようです。退院は問題ありません。ただ、新規発生を警戒しなければなりません。血液さらさら薬とペースメーカーが防波堤です」と説明してくれた。ゴルフは腕を左に引っ張るのでしばらくだめだという。がっかりだが、仕方がない。

四月下旬、患者情報を伝える左手のリストバンドがはさみで切られた。手錠を外された感じである。退院した。

妻が迎えに来た。病院内のスターバックスでお茶を飲んだ。解放された。この解放感はたまらなくうれしい。妻から「本当についている人だね！」と悪態をつかれた。なりたくてなったわけではない。ついているなら病気になどならない。本当はついていないのだ。そんな返答をした。

脳梗塞、脳出血で半年も一年も療養、リハビリ生活をしている人もいる。一ヵ月の入院で病室を出ることができた幸いを噛みしめた。

実質支払い治療費は三十三万円余になった。〝不肖〟と妻に頭を下げるよりなかった。申し訳ない。

うちに帰れるとは

外界の空気を吸い、病院の建物を初めて見上げた。でかい病院だ。構内も広い。相模大野駅などへ行くバス停があり、タクシー乗り場もある。

荷物があるのでタクシーで座間の自宅まで帰ることにした。倒れた相模大野駅を敬遠したかった理由もある。桜は終わっていたが、新緑の街並みが美しく見えた。

自宅に戻った。まさか、また自分のベッドに潜り込めるとは。ありがたい。刑務所から出た人なら「二度とあんなことは」と反省の弁もあろうが、自分の意思ではないやまいなのだから反省のしようがない。せめて酒、たばこ……。
初夏の陽気だった。その日、早速溜まっていた原稿を書き、企業講演の下準備に取りかかった。まだ何かできる。もっと大きな人生設計を考えよう。六十七歳にして大胆な妄想を抱いた。

暑き日を海に入れたり最上川　芭蕉

第３章　医療検査に怯えるな

1　疲労が知らせてくれた

脱力、無気力

生を受けて六十数年。何もなかったわけではない。がんの多発はあとで報告するとして、脳梗塞になる前にしんどいことがあった。

二〇一五年秋から二〇一六年春にかけて疲労感が膨らんでいった。自宅から最寄りの小田急線座間駅までは歩いて七分だが、十五分以上かけてよろよろたどり着く。太もも、ふくらはぎが疲れ、重くて足が動かなくなり、たまに立ちくらみもあった。ベンチ、エレベーター、エスカレーターを探すありさまだった。

毎日、肩はバリバリ、脱力感、無気力感に覆われた。やる気なし。寝てばかりだった。ともかく疲れる。二階の自室に上がるのにも階段で息切れがする。ベッドに横に

自宅への坂道が辛い。桜の木の下で一休み

なって息を継いだ。

脈拍も家庭用血圧計で36まで下がることがあった。「これは尋常な事態ではない」と原因究明と対策を考えた。

在職中、診療所の先生から肺炎の症状があると言われたことがある。貧血も指摘されていた。血圧は高かったが、降圧剤を飲んで高値ながら安定を保っていた。腎臓機能の低下もあった。しかし、当時はあまり気にしなかった。

今回は形になって現れた。そこで、二〇一六年二月ごろ、相模原市内の総合病院の呼吸器科に足を運んだ。型どおりレントゲンを撮り、採血をし、肺活量などを測った。先生は「右側の肺に水が溜まっているような痕跡があります。食道への放射線治療のときにできたものと考えられます」。食道の放射線治療についてはあとで述べる。先生はそのほか気管支が膨れているとか、右側副鼻腔(ふくびくう)が硬くなっているとか診断してくれたが、薬を処方してもらっておしまいだった。

貧血、腎臓、肺

次に別の病院で腎臓内科の先生の診察を受けた。血液検査結果を見て「クレアチニンが1・5以上で高いけど、前のデータと比べて大きな変化がないようです。様子を見ましょう。ただ、貧血症状がけっこう強いですね」と言われた。尿(にょう)たんぱくが昔から+2か+1で、東京の虎の門病院でも診てもらってきたが、その診療記録を眺めながら、先生は継続的観察の必要性を説明してくれた。

貧血ならば血の巡りが悪くなるわけだから、身体の動きに関与してくるはずだ。貧血が疲れの原因ではないかと考えるようになっていたが、先生は貧血の原因が何なのかは分からないと言う。どうして起きるのか。それは別の臓器に起因しているのかもしれないと言う。現在はやや改善傾向にあるらしいが、検査数値はあまり変わらない。

あの疲れ。家から出るのが怖いくらいだった。なんとかさっぱりしたい。せめて階段を軽やかに上がりたい。そんな思いで今度は心臓を診てもらおうと町のクリニックに出掛けた。

出社の必要がない自宅文筆業だからできることだ。クリニックでは心電図とレントゲン検査。先生からは「心臓に異常はありません。肺もきれいですよ」という託宣をもらった。ありがたく拝聴した。気分的にすっきりするかと思ったが、しかし、そうではなかった。疲労感、無気力感、脱力感に変わりはなかった。「ちゃんと診てくれたのだろうか」と疑念を抱いた。病院を替えるよりほかない。

2　最初の心臓異状

脈が四秒止まる

今にも桜が咲き始めようという二〇一六年三月二十四日、原因究明の最後かもしれないという思いから別の病院で心臓を診てもらうことにした。神奈川県大和市にある心臓専門の大和成和病院系列の成和クリニックに行った。自宅から車で十五分ぐらいのところだ。

お医者さんは心電図を取り、今のところ異常はないという診断だった。そして二十四時間心電図計を渡された。家に帰っても装着したままにしなければならない。翌日、返却に行った。

その夕方、病院の看護師さんから携帯に電話がかかってきた。「心電図のことで先生がお話ししたいことがあると言っています。至急、来ていただけますか」。異変の知らせだ。何が起こったのか。妻と車で病院に行った。剣呑は現実になった。

先生はこう言った。「不整脈がひどいのです。四秒間も脈が止まってしまっているときがあります。頻脈も出ています。失神を起こしても不思議ではありません」。グラフを見ると素人目にもひどい波形だ。「ペースメーカーを入れて整えたほうがいいですよ」と治療を促してくれた。ペースメーカーか。これを使うことになるとは考えも及ばなかった。仕方ない。

通常、病院で横になって計ってもらう心電図検査は、その瞬間を捉えるだけだ。二十四時間心電図計となると、長時間の動きを捉えることができる。かつての心臓病歴からあり得るとは考えたが、まさかペースメーカーになるとは。

「先生にお任せしますので」と処置をお願いし、ペースメーカー埋め込みの決断をした。

その帰り際、病院で看護師さんが追いかけるように飛んできた。「車はだめですよ。運転中に失神したら大変なことになります」と言ってくれた。じゃあ、車をどうするか。妻の監視の下、そろりそろりとハンドルを握って家路についた。

大和成和病院

二〇一六年三月二十九日、ペースメーカーを埋め込んでもらうため、大和成和病院の本院を訪ねた。成和クリニックの近くにある。心臓病専門病院で、遠方からも患者がやって来る有名病院だ。担当してもらう先生と向かい合った。「心臓をコントロールしている電源か心臓そのものが弱まっている可能性があると思います」。確か「電源」と言ったと記憶しているが、正確なところではない。かつて起きた心房粗動、心房細動が関係しているのだろう。

「一週間ぐらいの入院になります。連絡をいただいたとき、お父さんのことかと思いましたよ。来週、治療に入りましょう」

父もこの病院でお世話になった。相模原市に住む父は自宅で胸が苦しくなり、救急車で近くの総合病院に運ばれた。「心臓だ」と判断され、そのまま救急車で大和成和病院に運ばれた。七十五歳のころだった。脚の静脈血管を切り取って心臓血管につなげる心臓のバイパス手術が行われた。年齢もあってかなり厳しい治療だったらしい。何時間かの手術はうまくいき、父は目を開いた。母は泣き崩れた。その父は今、九十四歳。健在である。認知症もなければ歩行も人手を借りない。母が八十三歳で亡くなったあとも、現住地を「離れたくない」と独り住まいを続け、私の姉が頻繁に足を運んでいる。

診断翌日に駅で昏倒

大和成和病院で事前、事後の対応を教えられ、その準備を始めた。ペースメーカーを装着すればあの疲れがなくなると期待した。懸念が一つあった。あの病院は木立に囲まれてサナトリウムのような佇まいだが、周辺には商店もコンビニもない。院内に小さな売店があるだけだ。「じっとしているより仕方ないか」とあきらめた。

予定ではカテーテルで心臓の動きの検査をし、そのあとにペースメーカーの埋め込みをする手術が四月五日に行われることになった。入院しなければならない。入院、手術。誰も好きな人はいない。

沈んでばかりはいられない。入院準備のために三月三十日、相模大野に行き、散髪をし、眼科で老人性白内障の点眼薬を処方してもらい、帰ろうと思った。そこでバッタリだった。ペースメーカーはどこかに飛んでしまい、とんでもない顚末（てんまつ）になってしまった。あとから心臓が頭に関係していたことを知ったが、脳梗塞特有の前兆などはまったくなかった。

3　ゴルフは遠く

ゴルフ合宿に熱

ゴルフ大好き人間である。へただけれどキャリアは三十年以上になる。月に二、三回はプレーしていた。千葉、神奈川などの首都圏から、北海道、沖縄まで遠征した。会社（東京新聞）の仲間と遊ぶことが多かった。プレーを終えてクラブハウスに戻るとみんなは「失敗したあそこはもう一度打ち直してみたい」「池ポチャさえなければなー」「明日があれば……」と喧々囂々（けんけんごうごう）。

そこで、今から二十年ほど前、死ぬほどやろうと一泊二日2ラウンドのツアーを企画した。二日目は1・5ラウンドやることもあった。新聞社の仕事はそれほど暇ではないけれど、自分がいなくても会社はつぶれない。OB、編集局幹部、政治部、経済部、社会部の中堅記者という面々である。

二組から始まり、今や年二、三回催し、四、五組が連なってゴルフ場に向かう。その冠が「村串杯」となっている。毎回、参加していたが、疲労感が募り、太もも、ふくらはぎが動かなくなった。息切れもひどくなった。二〇一五年ごろは、3ホールで降参し、また、別の日は夜の宴会だけ顔を出してプレーなしということもあった。

六十五歳の完全引退のころからは、集まりを「ゴルフ合宿」と称し、なんとか続けてきたが、ゴルフクラブがものすごく重く感じるようになり、カートに乗るとほっとするというありさまになった。

先述したが、能登半島の能登空港近くにあるゴルフ場での「合宿」で、初日はなんとかプレーし、旅館に泊まったが、翌日、どうにも身体が動かない。半分だけやってリタイアした。クラブハウスの温泉風呂に入った。熱い。がばっとお湯を蹴って上がると倒れて意識を失った。壁のタイルに頭をぶつけたらしい。

ゴルフ場で頭、心臓が急襲された人の話をよく聞く。ティーグラウンドあるいはグリーンでの緊張は快感でもあるが、昂じると糸が切れてしまうのかもしれない。昼食時のビールなど、お酒による酔いどれゴルフの祟(たた)りなのかもしれない。

4　虎の門病院

健康診断

今、考えてみれば、これも前兆かと思えることがあった。六十四歳のとき会社の健康診断を受けたら、診療所の看護師さんがあわてて電話をしてきた。「村串さん。不整脈がひどいですよ。紹介しますからすぐ病院に行ってください」と専門医による診断を促してきた。

東京の虎の門病院に出掛けた。循環器センターの先生は心電図の波などを見ながら「典型的な心房粗動です」と見立てを語ってくれた。入院して何か電気ショックを加える治療を受けることになった。

検査の結果、心房粗動だけではなく、心房細動もあるという。当時の診療書類によると、診断病名は「持続性心房細動」。「電気的除細動」の手当てを施されることになった。全身麻酔で直流通電を行い、通電治療で心臓の動きの正常復活を期すという処置だった。

瞬間麻酔で前後不覚になっていると、ドンという音が二回聞こえた。先生の「はい、終わりました」の声で、病室に戻った。心臓が電気信号で動いていることを初めて知った。ペースメーカーも同じ原理らしく、心臓の不整脈を整える役割をしているらしい。

身体が軽くなった。歩ける。あの鈍重感がうそみたいになった。一週間の入院で終わった。ただ、先生はこう言った。

「この治療で根治とは考えないでください。再発することがあります。その兆候が出たら連絡をください。次善の治療のカテーテルアブレーションをやります」とサジェスチョンしてくれた。

しかし、病人は痛み、痒（かゆ）み、不快感がなくなれば、ケロリと忘れてしまうものだ。いや、忘れたいのだ。「もう大丈夫だろう」という自己判断によって、病院での出来事を思い起こすことに拒絶反応を示す。誰も不吉なことは考えたくない。安穏な生活に戻れば、「あのとき」を避けて通りたい。そのうえ、私は、退院して同僚らと祝杯を挙げるという度を越した不埒者だった。

しのび寄る病魔

そうこうするうちに先生が言うとおりのことがしのび寄ってきた。いっときもらった元気も数年後にしぼんできた。

六十六歳になったころからだ。真夏の太陽がギラギラするなか、歩道を歩くと息がぜいぜい切れる。歩けない。「これは何だろう」と考えながら、きょう一日が終息する。眠れば回復するだろうと自らに言い聞かせ、慰め、明日もあるだろうと、日々を送っていた。

その真因を探ってもらうこともせず、「なんとかなるだろう」と夕カをくっていた。このころは心房細動による不整脈が脳梗塞に結びつくとは考えも及ばなかった。浅薄である。

結局、ゴルフはその後、夢まぼろしとなる。

電車に乗るにも駅のベンチにへたり込む。駅から自宅へ向かう道は坂で、途中三回ほど一服する。家への帰り道はタクシー利用が多くなった。こんなあとにあのやまいの連鎖が待っていたのだ。

心房細動とは医学書などの解説によると、心臓の収縮リズムが狂うことと書いてある。その結果、不整脈を引き起こす。収縮ポンプで全身に送り出されるべき血液が心臓内によどみ、滞り、形成された血の塊（血栓）が頭に運ばれ、脳血管を詰まらせるという。したがって脳梗塞を引き起こすことになる。

病状にもよるが、身体のどこかに麻痺が生じ、重篤化するケースが多くなるとも記されている。

知らなかった。心臓と脳の関係。救命措置が早ければ、北里大学病院の高橋和沙先生の説明にもあったように抗凝固薬ｔ－ＰＡの効果が期待できるという。遅ければ右半身麻痺などの障碍もあり得た。

こうやって本を書けるのは「奇跡的」と言う人もいる。自分で努力したわけではないから、やはり「運」なのだろう。ただ、笹舟に乗って流されるだけではなく、少しは自分で操る作業が必要かとも思う。遅いかな……。

第４章　後遺症の懸念

1　右半身麻痺か

百引く七は

北里大学病院で脳梗塞、心臓病、肺炎の治療を受けたが、昏倒して目覚めたときは、右半身麻痺になるのではないかという恐れが頭をかすめていた。

ものの本や資料によると、脳梗塞は毎年約五十万人に発症するという。脳梗塞で死亡する人も多く、助かっても後遺症を抱える人がいるという。身体片側の麻痺、言語障害、記憶障害などだ。生活の質は極度に落ちる。

病院のベッドに寝ていて、ぼやっとした頭で生きていることを確認しながら、後遺症の覚悟はした。「家族に迷惑をかけるなー」と吐息が出た。

ＥＩＣＵから脳卒中の専門病棟ＳＣＵに移されると看護師さんが朝昼晩、アタマと身体のチェックに来る。「お名前は」「生年月日は」「きょうは何年何月何日ですか」「足を上げて」「手を上げて」「百引く七は」「九十三引く七は」と問いかけてくる。

手足は動く。引き算はちゃんとできる。それより、寝返りを打たないよう足につないだ紐、これを外してほしい。点滴も導尿チューブも取り去ってほしい。切なる願いだが、まだだめだ。

入院中の病人は生産作業が何もできない。ただただ、身体のへこみを修復することに専念する。そして「退院したら」ばかりを考える。まず命ありきだから、仕方がないと思うが、世間への遅れの焦燥感も募る。

天井を眺めて

しばらくして水が飲めるようになった。お粥も出るようになった。これは病院生活者にとって激しい変化だ。薄味だが、喉を通る。濃い目の鯛味噌も添えられた。がんセンターに入院していたときも出た定番の副菜だった。

自力でご飯を食べることができる。この自由感はたまらない。言語に障害もない。手足も動く。助かった命はさらなる願望を広げる。

　自転車のようにこいでいなければ倒れてしまうから、次の本はどうしようかなと思案する。構想はある。七人の猛者事件記者たちの物語だ。病院で取材のラフコンテを作った。完成すればいい読み物になると思う。マスコミ志望者の数が相変わらず衰えを見せないなか、彼ら、彼女らのガイダンスにもなると思う。

　俳句作り、講演スピーチもなんとか上達させたい。長年の関心テリトリーである検察検事の力の衰えを、もう一度検証してみたい。

　趣味のギターにもご無沙汰している。再開しなければならない。

　家の庭の塀を南国風の白いラティスに替えることを実現し、草木を植えて整え、芝生も敷きたい。

　そんなことばかりを夢想していた。

「もう退院させてくれ」と思ったが、毎日、何らかの検査がある。

　頭に大音響を打つＭＲＩ、ＣＴ撮影、レントゲン撮影などの検査が頻繁にやってくる。喉の通りを見るためせんべいを食べてレントゲンで観察する検査、採血、血圧などなど。身体はまだ自分にはなかった。

桜の花を見たくてちょっと外に出たいが、院外への自由歩行はだめ。残るはテレビ、本となるが、気力がない。ただ天井を眺めて一日を終えていた。

泥に生き泥にまみえぬ蓮の花　栄酔

2　リハビリ開始

直立してふらふら

それでも徐々に点滴などが身体から外され、小便用の導尿チューブもなくなったころ、リハビリの担当者がやって来た。「これからリハビリを始めます。まず、病室の周りを私とゆっくり歩きましょう。そのあと、リハビリ室に行ってトレーニングをします」

歩行が許された。歩くことぐらいわけないと思った。付き添われてまだいくつかの点滴袋をぶら提げた輸液ポンプを引きながら歩いた。

直立歩行はひさしぶりだった。うれしかった。しかし、違った。どうも身体が傾く。自動販売機でコーヒーを買おうと百円玉を入れたつもりだが、挿入口を外してしまう。「何だ、これは」。左目がおかしい。焦点が合わない。

リハビリ室は北里大学病院の本館六階にある。車椅子に乗せられて向かう。近くにレストランとコンビニがある。見舞いの人、パジャマ姿、車椅子の入院患者らが昼食をとりに来る憩(いこ)いの場だ。

後日、退院してレストランに行き、昼食をとると、ボリュームも、おかずの種類もたっぷりだった。一番人気はカキフライ定食で、隣の老夫婦が残らず平らげていた。うらやましい。そんな光景を横目に、こちらはリハビリ、トレーニングだ。

パズルで訓練

リハビリ担当者は看護師さんと同じように「ここはどこですか」「生まれた年月日は」「百引く七は」である。そして何やらパズルのようなことをやらされ、「よくできましたね」と言われ、優等生になったような気分だった。室内の平行棒、階段を使った体力訓練もある。目がおかしく、よちよち歩きである。リハビリは三、四十分で終わる。車椅子で部屋に戻され、ぐったりだった。

脳卒中患者の定番リハビリなのだろうか。丁寧に指導してくれるが、なんとも幼稚園児になった気分である。

車椅子からやっと立ち上がった患者がソロリソロリと歩行訓練をしている。脳梗塞経験者のなかにはリハビリで復帰した人も少なくない。誰もが快気を願ってリハビリに励んでいる。

リハビリ室から丹沢(たんざわ)の山並みを望むことができる。手足は動くから、あの山に車を運転して行きたいという欲も出てきた。隣のレストランでステーキ定食、カキフライ定食を食したい。しかし、まだかなわぬ夢だった。

左目が尋常ではない。テレビは左目を閉じて見ないとだめだ。脳梗塞で目がやられているのか、ほかの要因なのかは分からないが、目が不自由になるとは。後遺症なのだろうか。なんとかしてほしい。

3　左目がいかれた

パソコン画面が歪む

一般病棟に移って何日かし、妻に持ってきてもらったパソコンを病室で開いた。依頼原稿を書くためだ。やはり画面が滲み、焦点が定まらない。左目をつぶらないと二重に映る。

これは何だと思ったが、命はあったのだから、これくらいはよしとしなければならないだろう。それにしても目によって身体が傾くような異変はどうしてか。なぜ右ではなく左だったのか。

先にお話を聞いた担当の高橋和沙先生から、「右側の手足に麻痺がありました。でも、脳梗塞単独で視神経など末端の神経に異常をきたすことはまずありません」と脳梗塞との関係は薄いのではないかとの説明があった。白内障の可能性のほうが強いのではないかとも言う。高齢者特有の白内障は自分も例外ではなかった。手当てをしてもらうことも考えていた。

ただ、先生は「眼科の先生にうかがいましたが、斜視が存在しているとのことです。斜視に関しては脳幹などからの部分に至った梗塞で起きることがあります」と因果関係の存在も語ってくれた。

「主な脳血管のふさがりのほかに、ＭＲＩには映らないような小さな血栓がどこかに飛んでいたのかもしれません。その梗塞が斜視を起こし、目の見え方に影響している可能性はあります」と見立てを示してくれた。

どこにあるか分からない、取り切れない血栓が脳に残存しているかもしれないということなのだろう。

イライラは焦点ぼけ

しかし、困った。左目を閉じてパソコン作業をせざるを得ない。資料も何も右目の前に持ってこないと読めない。不便このうえない。

家族や見舞いに来た人に「怒ってばかりいたね」と言われたが、たぶん目の焦点ぼけもあってイライラしていたのではないかと思う。

北里大学病院に入院中、眼科で診てもらった。さまざまな目の検査のうえで眼科の先生は「頭を開いてみないと分かりません」と言うが、そんな大それた手術はもうけっこう。でも、「矯正できないわけではありませんよ」「白内障もありますね」と診断してくれた。

目が不自由になるということは重大事である。このままでは車の運転もできないだろう。実際、退院後、運転してみたら、ガードレールが歪み、センターラインが二本に見えた。危ない。即刻運転はおあずけにした。

4　それでも梅干し作り

プリズムで見えた

のち、眼科外来の先生は「それではプリズム膜を眼鏡に貼ってみましょう。簡単です。歪みを矯正できると思います」と道を探ってくれた。半信半疑でいると、看護師さんが眼鏡の左のレンズに何やらを貼りつけてきた。眼鏡をかけてみた。

何なのだ！　これは。真っ直ぐ見えるじゃないか。世の中が違って見えるじゃないか。ありがたい。

レンズの裏にピタッと貼ってあるフィルム。足元がつまずくことなく歩けるようになった。仕組みは分からない。先生は「二、三千円のものです。これは無料でいいですよ」と鷹揚（おうよう）にプレゼントしてくれた。

その後、いただいた処方通りに眼鏡屋さんで眼鏡を新しく作ってもらった。レンズそのものにプリズムが入っている。不自由はなくなった。

なんとも、しぶとい。「もうだめか」という瞬間はたくさんあった。鯰のように乗り切ってきた。私の粘着性は金沢時代のがん体験からだった。いや、「悪運」に頼ってきただけだったのかもしれない。

梅漬けの季節

五月は毎年恒例の梅干しづくりの季節だ。三十年以上のキャリアを持っている私は、お裾分けした誰からも、「うまい。もっと送って」と言われるほどで、自慢の作と自負している。

二〇一六年はアタマをやられてだめかと思ったが、退院後、「もう間もなく梅の実が出回る季節だな」と梅が頭から離れなかった。庭の物置から樽を取り出し、あちこちで物色してきた梅の実を塩漬けにする。

基本は和歌山・南部の南高梅。カリカリ用は長野、群馬産など。紫蘇は生葉も使うが、面倒だ。岐阜県から梅酢で発色させた紫蘇を取り寄せている。

この作業ができると、「生」あることを実感できる。我が子を育てるように樽に寝かせた梅をいたわる。

夏の炎天下に干し、作業終了。塩がなじんだ秋ごろ、親族、知人らに宅送する。三〇キロぐらい漬けた梅干しはあっという間になくなる。「おカネを払うから」という声が返ってくると作り甲斐はひとしおだ。もっぱらの趣味。おカネはいただかない。

梅干しは一回漬け始めると毎年作らないと何事かが起きるかもしれないというジンクスがある。中年(さるどし)の梅は不作だとか、だから作らなければいけないとか、梅にまつわるいわれがいろいろある。あまり信じる事柄ではないと思っている。ひたすら「今年も」とチャレンジである。うまく出来上がれば顔がほころぶ。

アタマ、心臓をやられながら、梅干し作りに精を出す。ばかだなと思われるかもしれないが、その年も夏があったと感謝する次第である。

第５章　恥ずかしき病歴

1　雪降る金沢で

過換気症候群

昔のことです。恥ずかしい話ですが、まあ聞いてください。

「走馬灯」のようにとよく言いますが、馬齢を重ねるに連れ、昔の光景が強く、懐かしく思い起こされる感覚。誰しも経験ずみかと思います。

生を受けて五十五年のとき、想定外の出来事が起こった。今から十数年前のことだ。

それまで病気で入院した経験はなかった。異常事態が起きたのは二〇〇三年春先、五十四歳のころだった。金沢の北陸中日新聞に赴任し、翌二〇〇四年初め、雪が降りしきる深夜二時ごろだった。トイレに起き、布団に戻ったが、なかなか眠れなかった。チョンガー生活、なんとかなるだろうと布団を被った。見たくもない番組だったが、睡眠剤代わりになるかとテレビをつけて、音声だけを聞いていた。しかし、どうやっても眠れない。

そのうち、悪寒が走り、身体がぶるぶる震え始めた。呼吸ができなくなった（と、勝手に思い込んだ）。これは死ぬんじゃないかと、あわてて119番した。人生で初めて遭遇した事態だった。もはやなんとかなる状況ではなかった。

助けを求めようにも誰もいない。そして寒い。やっとの思いで下着を替え、財布、保険証などをカバンに入れ、死に装束で救急車を待った。窓の外は雪がどかどかと降り、白一色になっていた。

雪の中、救急車に乗り込んだ。自宅マンションから金沢市内の総合病院に到着した。その時点で川崎の妻に携帯で電話をした。「え、すぐ行く」

お医者さんの見立ては若い女性がよくかかる過換気症候群（過呼吸症候群とも言う）ということだった。心配するほどのことではなかった。午前七時ごろ、安心して自宅に帰った。

しかし、そのあとも吸い込む空気が腑(ふ)に落ちない症状が続いた。不快感が強く残った。なんといったらいいか、口、鼻から臓腑(ぞうふ)に送り込んだ空気が未消化のまま食道辺りにとどまっている感じなのだ。「おかしい」

北陸中日新聞の春の衣替え準備で、責任者として忙しかった。そのせいかなと思った。それでも不快感の原因を教えてもらおうと、会社の産業医を訪ねた。

先生は「過換気症候群は若い女性を中心に罹患(りかん)するケースが多く見られます。これだけなら問題ありません。しかし、中年以上の方だと消化器、心臓に起因することがあります。そうなると厄介になりますので一度検査をしてみましょう」とアドバイスしてくれた。

五十五歳でがん

まず、心臓のカテーテル検査をやってもらった。「異常なし」だった。次いで消化器の内視鏡検査となった。先生は画像、データを見ながら「胃のここに怪しい部位があります。病理検査に回します」。がんの可能性があると言うのだ。

組織検査の結果はクロだった。「まだ早期と思われるので内視鏡切除で大丈夫でしょう」と慰めてくれた。

がんと告知されて平静を保てる人はいない。頭が真っ白になった。あと知恵だが、脳、心臓病と違って深刻な病状になるまで猶予期間がある。「どうしようか。考えても始まらない。なるようにしかならない」。運を天に任せた。

川崎の妻に「そういうわけだ」と電話をしたら、「え、なんで」だった。こちらが知りたいのだ。

あと二年生きられるかな。そんなことを最初に考えた。路上に桜の花が散り、舞っていた。目の前が真っ暗ではなく、霞んでしまっていた。桜の季節だというのに桜花が疎ましかった。どうも、桜の季節は鬼門のようだ。

治療を受けるにしても金沢の独り身では無理だ。東京の病院で治療を受けることにした。東京・築地の国立がん研究センター中央病院に手続きをし、診てもらうことにした。小松空港から羽田に向かった。

「金沢の病院からのデータを見ました。多分、初期なので内視鏡による切除で大丈夫でしょう」とお医者さんに言われた。やや安心した。

食道にも

がんセンターで検査が始まった。口から直径一センチほどの内視鏡を十二指腸まで送り込む。げぼげぼ。「ここだな」。胃のがん病巣はすぐ見つかった。内視鏡が上がる帰り際、食道にルゴール液という苦い薬液をふり撒く。先生は目を凝らす。着色具合でがんのサインを確認することができるからだ。「食道にも三ヵ所怪しいところがありました。生検します」

これ以上、まだ何があるのか。胃がんだけで十分ではないか。実際、身体のどこにも痛み、痒みはない。ご飯も普通に食べられる。お酒も飲める。仕事もできる。歩行もできる。

食道が本物のがんだとして、じたばたしても始まらない。ここまで来たらがんを生涯の友とし、「受けて立とう」と覚悟した。その一方、「不運」を嘆きもした。

この前後、ＪＲ西日本福知山線の脱線事故が発生し、百七人が死亡した。企業の食品偽装事件も多発した。あまりいい世情ではなかった。とはいえ、セカンドオピニオンが新たながんの存在を探ってくれた。「ついている」と考えていいのだろうか。しかし、心は休まらない。

二週間後に病院に行くと「食道から本物のがんが見つかりました」とつれない結果報告があった。空振りになってほしいという期待は外れ、ズシーンと重く響いた。それでも先生は「いずれも内視鏡切除で大丈夫でしょう」とまだ〝軽症〟であると告げてくれた。やや安堵（あんど）である。

2　セカンドオピニオン

切除組織が肝要

金沢での呼吸器不全は過換気症候群で片付けられた。次の病院で過換気症候群の原因である胃がんを見つけてもらった。その次はがんセンターで食道がんの存在を確認してもらった。自分では「不運」と思っているが、周りの人には「ついている」と言われる。

「運」はともかく、サードオピニオンで食道がんを見つけてもらったのは確かだ。見逃されていたらどうなったことやら。「臆せず、病院はハシゴすべし」を実感した。いろいろな目が必要なのだ。

金沢で胃がんを突き止めてくれた先生に報告すると、「え、食道にもあったのです

鬼門の春、金沢・浅野川沿いに咲く桜

か。こちらで見つけられなくて……」と申し訳なさそうだった。

　遠慮なく病院を渡り歩くことが大事である。医師、見立て、検査機器、治療法などは医療機関によってそれぞれ異なる。専門病院で専門医師がいて、治療実績があるという触れ込みだけでは頼れない。別の病院でも判断を仰ぐことをお勧めしたい。やや勇気がいるが、ぜひ、実践してほしい。

　心臓治療を担当してもらった虎の門病院でも、同意書に「他の医師の意見（セカンドオピニオン）を聞くことをお勧め致します」とあった。「かかっている先生に悪い」は昔の発想だ。

病巣検査結果

がんセンターで治療が始まった。胃、食道三ヵ所の内視鏡切除が施された。麻酔を打たれての処置だったが、目が覚めても痛みはない。消化器の内壁は神経がないのだろうか。翌日には水、二、三日後にはお粥、そして通常食になったら退院だ。一週間の入院で終了した。

このときの入院も四月下旬からだった。春の陽気のさなかだった。なぜか、芽吹きどきになると病魔が頭をもたげてくる。

私がかかわっていただいた先生方は内視鏡部、消化器担当の先生たち。大事なのは切除した組織の病理検査である。切除した病巣は病理検査に回され、二週間後ぐらいに結果が出る。

3　胃の切除手術

胃がんは深かった

胃と食道の内視鏡施術後、先生から「胃のがんの浸潤(しんじゅん)度が深く、リンパに落ちている可能性があります」と言われた。「多分シロでしょう。確認するには胃を開けてみなければ分かりません」と言う。

晴天にはならない。また、口が乾いた。「手術で胃を、そうですね、三分の二を切除するか、経過観察するか、ぎりぎりのところです。どうしますか」

こちらにとっては重い問いで、悩む。切除すれば百パーセント安全になるという。それならと決断した。「手術で全部取ってください」と答えた。術後、どうなるかは全く考えていなかった。

お医者さんも複数の方が関与してくれたのでさまざまな意見が出てきた。うれしいことでもありながら、患者は迷う。

でも、北里大学病院でも神経内科、脳外科、循環器科などの先生が多角的に診てくれて、患者情報を共有し、最善の道を探ってくれた。

妻が言う。「町の開業医は気軽に診てくれるけど、複雑な病状に対しては首をかしげ、風邪薬、痛み止めなどを処方しておしまいです。『ちょっと分からない部分がありますので、専門医を紹介します』と対応してくれればいいのですが」

医業分業

今、総合病院、大学病院には患者があふれ、医師が足りず、一時間、二時間待ちは当たり前になっている。解消のため、逆流現象が起きている。治癒後の経過観察、検査、薬の処方などは患者の自宅近くの医院、クリニックに行くよう勧めている。

筆者が呼吸器関係で通っていた神奈川県相模原市内の総合病院では「医者が足りないのです。わたしも異動になります。あなたの病状は重くありません。紹介状を書きますから、近くの病院に行ってください」だった。昔は来院患者の多さを競ったのだ

桜が散ったがんセンター

ろうが、今は逆だ。それが現実なのだろうと理解した。

総合病院から「診療情報提供書在中」などとしたためられた文書を渡され、どこかの医院に行くことになる。お医者さんにも人事問題は降りかかってくる。がんセンターの消化器担当の先生は十数年の間に四人代わった。地方の病院長になった先生もいる。研究施設が充実している組織で働きたいというお医者さんも多数いる。さらに、個人医院の開業を望む医師も多い。医業は複雑、多様化しているのが昨今だ。

4　がんにも生命力

金沢で平常生活に

胃がん手術の最終検査を受け、飛行機で金沢に帰るとき、初めて涙が出てきた。家族のことを考え、過ぎ去りし昔を思い起こし、泣きたい衝動にかられた。手術についてたいした不安はなかったが、それまでの家族無視、仕事での唯我独尊を反省して悲しくなった。

二〇〇四年の七夕のころ、胃三分の二の摘出手術を受けた。なかなか楽ではなかった。寝ている間は何も感じないが、麻酔から覚めると、手も足も動かない。寝たきりなので背中が痛い。脊髄から麻酔薬が注入されているので、全身が痒い。看護師さんに外してもらった。

がんセンターの入院食

　これで寛解するものと期待した。二週間の病院滞在で退院し、飛行機で金沢に帰った。着陸のとき、傷口に響き、思わず腹をかばった。胃は三分の一が残り、幽門、噴門も健在だった。食欲もあり、間もなくゴルフも再開した。

ドライブ遊興も

「とてもがん患者とは思えん」とゴルフ仲間は不思議がる。切り裂かれた腹部の外科的痛みはある。クラブハウスの風呂に入るにも傷口にガーゼ、防水ラップを張り付けてそろそろと浸かる。

　それでも、ことなく、金沢生活に戻ることができた。金沢の香林坊にあった中日新聞北陸本社（現在は駅西本町という地名の場所に移転）で編集局次長業務をこなした。管理職仕事で、ハンコを押すことや、トラブル処理に追われ、とても新聞記者とは言えなくなった。自宅生活も雪国での独り暮らしは食事、洗濯など楽ではない。

たまに妻が来るとレンタカーでドライブした。福井、富山、新潟、岐阜、京都から四国まで、名所を回った。能登半島の牡蠣小屋で食べた牡蠣の味が忘れられない。飛騨の牛肉もうまかった。富山の黒いラーメンにはびっくりした。

しかし、目はうつろだった。「いつまで生きられるのか」「再発、転移があるかもしれない」。がんセンターでの検査結果が怖かった。

金沢からがんセンターに通う生活が始まった。

第6章　がんセンターとのつき合い

1　二百二十円に四万円

ガツは敬遠

がんは一回切ってしまえばおしまいになるというものではない。治療チェックやその後の経過を観察してもらうため築地のがんセンターに出向かなければならない。胃を切除した私もその年の夏から頻繁に通うことになった。

傷口の縫合具合の診察、CT、内視鏡などの検査が毎回行われた。その結果を二週間後にまた聞きに行く。「はい、問題ありませんでした」

診療代は二百二十円。金沢からの飛行機代が一人往復四万円前後。妻と二人なら八万円以上になる。当時は現役で働いていたから、給料もそれなりにあったが、年金生活だったらアウトだ。

郵便はがき

料金受取人払郵便

小石川局承認

1770

差出有効期間
平成30年11月
30日まで

112-8731

東京都文京区音羽二丁目
十二番二十一号

講談社　第一事業局

講談社+α新書係　行

愛読者カード

今度の出版企画の参考にいたしたく存じます。ご記入のうえご投函くださいますようお願いいたします（平成30年11月30日までは切手不要です）。

ご住所　〒□□□-□□□□

（ふりがな）
お名前

年齢（　　　）歳
性別　1男性　2女性

★最近、お読みになった本をお教えください。

TY 000050-1612

本のタイトルを
お書きください

a　本書をどこでお知りになりましたか。

1 新聞広告(朝、読、毎、日経、産経、他)　2 書店で実物を見て
3 雑誌(雑誌名　　　　　　　　　　　　)　4 人にすすめられて
5 DM　6 インターネットで知って
7 その他(　　　　　　　　　　　　　　　　　　　　　　　)

b　よく読んでいる新書をお教えください。いくつでも。

1 岩波新書　2 講談社現代新書　3 集英社新書　4 新潮新書
5 ちくま新書　6 中公新書　7 PHP新書　8 文春新書
9 光文社新書　10 その他(新書名　　　　　　　　　　　　　)

c　ほぼ毎号読んでいる雑誌をお教えください。いくつでも。

d　ほぼ毎日読んでいる新聞をお教えください。いくつでも。

1 朝日　2 読売　3 毎日　4 日経　5 産経
6 その他(新聞名　　　　　　　　　　　　　　　　　　　)

e　この新書についてお気づきの点、ご感想などをお教えください。

f　よく読んでいる本のジャンルは？(○をつけてください。複数回答可)

1 生き方／人生論　2 医学／健康／美容　3 料理／園芸
4 生活情報／趣味／娯楽　5 心理学／宗教　6 言葉／語学
7 歴史・地理／人物史　8 ビジネス／経済学　9 事典／辞典
10 社会／ノンフィクション

現役給料でも家計にずしりとくる。金沢、川崎の二重生活。長女、長男は大学生ぐらいだったと思う。川崎のマンションのローン支払いも重くのしかかっている。妻に頭を下げるだけだった。

がんセンターに行った帰り、浜松町からモノレールで羽田に向かう。駅付近に「秋田屋」という焼き鳥を食べさせる居酒屋があった。おいしい串焼きだ。そこで串をほおばって軽く胃を慰め、羽田空港に向かう。しかし、ガツ（胃袋）だけは食べられなかった。

もう少し生を

日本アルプス、日本海の波頭を眼下に見ながら、飛行機のなかでこう考えた。「あと二年生存」ではなく、もうちょっと生きられるのではないかと。何か温かいものが込み上げてきた。

ものは食べられる、手足は動く、痛みも不快感もない。ゴルフもできる。鬱病になってはいけないと楽観を据えていたのかもしれない。

亡くなった「文藝春秋」社の編集者で司馬遼太郎担当だった和田宏さんがこんなこ

とを言っていたことがある。「かつては人生五十年だったが、今はゴムを引っ張るようにして八十歳まで伸ばしている」と。和田さんは関西の司馬遼太郎記念館の運営に携わり、新書で『司馬遼太郎という人』という著作をものしているが、大病を患い、亡くなった。

こちらの話に戻る。病院から羽田空港へ。羽田発小松空港行き飛行機に乗る。一時間ほどだ。小松空港からはバスかタクシーで金沢市内に向かう。北陸自動車道は左側から日本海の荒波が押し寄せてくる。風も強い。松並木がそれを防ぐ。金沢城が見えて、また戻れたという懐かしい思いにあふれる。

おい、癌め

金沢の夏はフライパン状態だ。香林坊の通りに陽炎が浮かぶ。暑さをやり過ごすと瞬く間に冬が訪れる。日本海にブリ起こしと言われる雷が鳴る。冷たい風と地吹雪が始まる。ブリ、ズワイガニ漁で漁船が一斉に海に出る。

そして春になると犀川、浅野川、兼六園に桜花のつぼみが膨らんでくる。太平洋側より季節がはっきりしている。金沢市内の近江町市場（おみちょ）の魚も四季によって変わる。今は北陸新幹線の金沢延伸で、日本人観光客や外国人観光客が多数訪れ、物価も上がっているらしい。

おい癌め酌みかはさうぜ秋の酒
残寒やこの俺がこの俺が癌
万緑も人の情けも身に染みて

＊江國滋著『おい癌め酌みかはさうぜ秋の酒』（新潮文庫）、『癌め』（角川文庫）

食道がんを発症し、築地のがんセンターで治療を受けた演芸評論家で俳人の江國（えくに）滋（しげる）さん（俳号・滋酔郎（じすいろう））の句である。六十二歳で他界された。

その江國さんの句を高く評価していた「変哲」こと俳優の小沢昭一さんも前立腺がんが転移し、八十三歳の生涯を閉じてしまった。

2　食道に多発

またも入院

二〇〇四年夏、胃を切除してそれ以降は〝なぎ〟状態のまま一年が経過した。二〇〇五年夏、がんセンターで内視鏡による検査を受けた。先生から「小さいけれど食道に新しいがんがありました」と告げられた。がっくりである。

ずっと診てくれていたのは内視鏡部の小田一郎先生で、内視鏡検査の分野で鋭い観察眼をもっている。患者にすれば「見つからないように」と祈っているのに、鬼のように探し当ててくる。

またまた、がんセンターに入院することになった。内視鏡で切除していただき、麻酔のため十三階だったかA病棟のベッドですやすや。先生は「村串さん、目が開きますか」と問いかけてくる。「はい」と生返事をしながらまた気持ちよく眠ってしまう。

胃の切除をして食道三ヵ所を退治してもらって終わりかと思っていたが、まだうようよしていたのだ。酒、たばこの不摂生が祟っているのだろうか。「五年経過すれば」という勘定は振り出しに戻ってしまった。

絶望の淵

二〇〇八年春、がんセンターの定期検診に行った。いつものように内視鏡検査。ゲボゲボするので麻酔を強くしてもらう。食道で内視鏡が止まる。先生は「生検」と言って、内視鏡から何やら管を挿入し、組織を切り取る。うつらうつらしながら、びくっとする。内視鏡が口から抜き取られると、「今度はどこですか」と聞く。

二週間後、病院で結果を知らされた。食道からがんが一つ確認されたという。喉にも見つかった新しいがんはいずれも転移ではなく〝原発〟である。小田先生は「中咽頭、喉ですね、ここにもがんがあります。まだ早いので内視鏡切除で大丈夫でしょう」とのことだった。「念のため頭頸科の先生の判断を仰ぎましょう」

頭頸科に行った。鼻からの内視鏡を見ながら「分からんな。どこにあるのかな。ここかな」である。そして「見つけてくれた先生に処置してもらうのが一番いい」ということで、内視鏡の小田先生に切除してもらうことになった。

小田先生はあきらめ顔で、「こういうケース、あるのですよ。少ないですけどね。今度の喉は内視鏡で取れるでしょうけど、過去の切除部分の近くにできると、摘出が難しくなります」と説明してくれた。

Wの悲劇だ。絶望の淵に立たされた。深刻な知らせだった。

がんが発症する部分はいたるところにある。がんとは何なのか。これは研究者も探っているところだろうが、明快な解答はない。免疫療法で何やらすればいいとか、新しい薬を使えばいいとか言われている。ものすごい装備の重粒子線という手もあるらしい。保険適用外だから費用はかなりかかるという。家を売って何百万円かの治療費を工面した患者もいるという話も聞いた。対処法は千差万別だ。

3　がんと一蓮托生

またまた喉に

早い段階で確実な判断を仰ぐことが大切であると、強く考える。病歴からみれば人に言うのもおこがましい限りだが、実感である。

とはいえ、がんの多発で不感症になっていたのか、あまり心構えはなかった。早期発見、早期治療、お医者さん、家族、「運」によって生き永らえてきただけだ。ありがたい。

そんなことを思いながら、喉元を過ぎれば「おとといのこと」になってしまう。辛さ、治療代、家族への迷惑などを忘れてしまう。退院すれば酒、たばこに手を出してしまう。ふしだらな生活が再開する。

金沢に三年間勤務して東京に戻った。五十八歳になっていたかと思う。東京新聞編集委員の肩書になった。好きなことをやればいいという閑職である。週に一度、あるいは月に何回か紙面やコラムを持っている編集委員もいる。次に行くための待機場所でもある。激職時代に比べれば、それほど義務的な仕事はない。

穏やかな正月を

しかし、定年直前の二〇〇八年七月、内視鏡検査でまた食道から一ヵ所がんが見つかった。言葉が出なかった。九月、内視鏡でがんを取り払ってもらった。六回目の入院になる（自慢しているようですけれど、たくさんです）。

このころ、会社の健康診断で貧血症状の存在を告げられた。なぜかは不明だ。後日の問診で「胃に異変がある人はこういうことが起こり得ます。たとえば、がんなどの腫瘍ですね」。小生は「胃は三分の二ありませんので」。先生は「それで分かりました」。

二〇〇八年暮れに六十歳の誕生日を迎えた。還暦である。「ここまでよく生きてきた」と感慨無量だった。穏やかな正月を迎えた。「人生の午後をもう少し」と願った。

だが、天は非情だった。二〇〇九年春、また食道の真ん中からがんが発見された。七回目の入院になった。築地のがんセンター十三階A病棟。今回も内視鏡で切除してもらった。

4　一条の光も

抗がん剤・放射線治療

切り取った病巣の組織検査の結果が大事なのである。病巣の浸潤具合が問題なのだ。

今回のがんについて「ちょっと深いですね。がん細胞が粘膜下層に顔を出しています。リンパ管からもがん細胞が見つかりました。微小転移の可能性があります」と先生が状況を伝えてくれた。

またまた暗転だ。どうなるのか。先生は処置すべき方法をこう語ってくれた。「食道を切り取るか、抗がん剤・放射線治療にするか、あるいは放置して経過をみるかという選択です」

喉から胃に至る食道を取る手術は大変である。心臓、肺があるため、身体側面からメスを入れなければならない。失った食道の代用に胃を吊り上げて喉元に接続することになる。しかし、その胃が三分の一しかない。小腸などを使うらしいが、大がかりな手術で、致死率も低くはない。

またも奔流に投げ込まれた。決断は、抗がん剤・放射線による治療。

入院して抗がん剤を投与してもらい、放射線治療科で照射を受けた。抗がん剤による吐き気、食欲不振、便秘、水分不足による腎臓障害が発生した。放射線治療では胸の焼ける感じが残り、声も出なくなった。これらをなんとか乗り越え、ヨロヨロながらも一ヵ月後ぐらいには通常生活に戻ることができた。

六十歳の定年になって、特別嘱託の編集委員になっていた。その後、しばらく身体に異変はなかった。仕事ではインタビュー記事執筆、連載ものの取材を手掛け、個人的には検察関係、鉄道関係の本を執筆し、台湾取材にも精を出していた。

味覚・嗅覚ほぼゼロ

もうがんは済んだと思っていた。ところが、二〇一二年夏、六十三歳のとき、今度は下咽頭にがんが見つかった。「扁平上皮がん」との診断だ。最初のがん発覚から九年目のことだった。

ちょっと広くて喉頭方面にも広がり、五センチの大きさという。声帯に近く、複雑な場所で、内視鏡治療では無理という判断が下された。

選択肢は放射線治療だけだった。放射線治療科の先生の「喉に七週間かけて照射します。治癒率は百パーセントです。抗がん剤の必要はありません」という自信の言葉にやや安心した。

ある先生からは「胃から始まり、食道に発症すると、咽頭、口腔などに上っていくケースが多くみられます。村串さんが典型です」と言われたことがあった。心配のタネは尽きない。

下咽頭がんの治療を受けた。放射線治療で土日を除いて三十五日間、がんセンター地下二階の放射線治療科に通った。放射線照射では剣道のお面のような用具でバチバチと頭、顔を締められ、身動き取れないようにされた。この世の終わりかのような恐怖感を味わった。

照射自体は痛くも痒くもない。一、二分で終わる。お面にも慣れ、気楽に構えて元気でなんでもないと思っていたら、じわじわときた。首筋が真っ黒になった。声も出にくくなった。食べ物が喉を通過するにも難儀した。

事前説明にあったのだが、「有害事象」だった。副作用、後遺症である。気力、体力が低減し、声、味覚もほとんどなくなった。でも、先生は「がんはきれいになくなっていますよ」と自慢そうに治療成果を話してくれた。

一、二ヵ月で身体は元気を取り戻した。しかし、声はほとんど出なくなった。秋風が吹き始めた二〇一二年九月、長男の結婚式が挙行された。お開きに「両家を代表して」のあいさつをしなければならない。声はがらがらだった。やっと絞り出して務めを果たした。

この直後、声は完全に出なくなった。味覚、嗅覚もほぼゼロ状態。声は復活したが、味覚、嗅覚はあまり改善しなかった。甘さ、しょっぱさは分かる。しかし、ニンニクの臭いはいまだ分からない。逆に唐辛子などの辛さやお酢にビビッドに反応し、口の中が火を噴いたようになる。韓国料理はだめだ。お寿司はわさび抜きを注文する。トリュフや松茸などの香り、味を堪能したいが、まだかなわぬ状態にある。

お医者さんに聞くと「時間がたてばなんとかなりますよ」「いや、復活しないかもしれない」といろいろだった。まあ、命あって生きているだけでもよしとするか、である。

喉にメス

ところが、これで終わりにはならなかった。その年の十二月、正月間近に中咽頭からがんが確認された。なかなか晴れない。がんセンター頭頸部腫瘍科の吉本世一先生は「口からメスを入れて切除します。一週間ぐらいの入院です」と治療方針を語ってくれた。

年が明けた二〇一三年一月に入院した。がんセンターは毎日、外来患者、入院患者であふれている。がん患者の多さに驚くと同時に同病者がいることに勇気づけられもする。入院手続きをして、十三階だか十四階だかの病棟に行ったが、ベッドが空いていないということで、個室に入ることになった。これは寂しい。同病相憐れむ話し相手がいないのだから。

手術は翌日で、全身麻酔だから、何も覚えていない。目が覚めて手術医が「傷口はうまく止血されています」と語ってくれたものの、身体はまたも心電図計、酸素飽和

がんセンター入院中、病室から見た築地市場

度計、血圧計、酸素吸入、点滴、導尿チューブなどが絡み、人間としての尊厳も何もなくなっていた。

切除してもらった喉が痛いかと思ったら、そうでもなかった。しかし、喉は食べ物の通り道。鼻からチューブで胃に直接送り込む経管栄養を施された。回復につれて装着物は次第に外され、一週間後に退院することができた。

波風なし

二〇一六年二月、脳梗塞発症直前に消化器の内視鏡検査を受けた。二ヵ所を生検したようだ。先生は診察で開口一番「次回の診察日を決めましょう」ときた。「九月でどうですか」である。こちらは生検結果の内容が気掛かりで仕方がない。がんではないという見立てがあったのだろうか。

先生は「腫瘍マーカー（CEA）が高いのは前からですよね。生検の結果はこちらから電話をします。いろいろありましたので、本物でも内視鏡で大丈夫でしょう」と落ち着いた言い方だった。CEAの数値にはたばこの影響もある。がんのあと、一番軽いたばこにして、一日十本ぐらい吸っている。なかなかやめられない。

結果は電話待ちしかない。帰りに妻と昼食をとるためレストランを探し、銀座の焼き肉店に入った。うまかった。味覚は薄れていても舌が覚えている。

一週間後、がんセンターから妻の携帯に電話がかかってきた。もし食道に発症していたら……。吉と出るか凶と出るか、固唾を呑んだ。

妻が「え！　何もなかったのですか。よかった。ありがとうございます」と応答する声が聞こえた。だめだと思って暗くなっていたが、妻の声に力が抜けた。「きれいだって」。酒をあおった。「あと半年は仕事の予定が立てられる」。ありがたいと感謝した。

消化器、頭頸科の定期検診に通い続け、しばらく新たながんの発症はなかった。なかでも胃と食道は七、八年にわたって「波風なし」が続いた。

脳梗塞治療後の二〇一六年九月、がんセンターで検査と消化器担当医の診察を受けた。「もう七年以上、胃と食道に再発症がありません。半年ごとの検査を一年に一度にしましょう」という方針を示してくれた。待ち望んでいたことだった。

その日、旧知の仲間と祝杯を挙げた。もちろん、落とし穴が舌に待っているとは、この時点で知る由もなかった。

第7章　いくつかの回想

1　事件記者三昧

生まれは伊豆

静岡県伊豆半島は河津町に生まれた。父親の実家である。今や町は河津桜の季節になると多くの観光客で賑わう。母親は長野県生まれ。一時、茨城県日立市の自分の親族の家に身を寄せた。建設会社勤務の父親が四国や、まだ外国だった沖縄のダム建設現場などに赴いていたからだ。父親が東京の職場に戻ってきたころ、一家丸ごと東京に転居した。

家計は楽ではなかったはずである。それでも大学に行けと言われ、高校を卒業して明治大学に入った。二十歳過ぎごろ、なんとなく新聞記者になりたいと考えるようになった。「格好いい」という憧れだけだった。世を正したいとか、不正を暴くといった高邁（こうまい）な動機からではなかった。なんとなくである。

中日新聞社に潜り込んだ。最初は首都圏の地方支局を歩いた。浦和支局（現・さいたま支局）、千葉支局、前橋支局に赴任し、三十五歳のときに東京本社社会部に行けという辞令をもらった。

どこの新聞社も企業もそうだが、「本社勤務」にみんな憧れる。筆者はしかし、好んで行きたいところではなかった。前橋支局の居心地が良すぎた。長女は千葉時代に生まれ、長男は前橋で生まれた。長女は前橋で小学校に入学した。小川沿いに帰ってくると、近所の人から「ランドセルが歩いているみたいね」と言われた。とことこ家に向かう姿にいとおしさを感じた。そこに〝生活破壊〟の指令が出た。

地獄の勤務

東京社会部ではいきなり司法記者クラブに行かされた。東京地検や裁判を担当するセクションである。未知の世界だった。早朝から未明まで取材し、記事書きに追われる毎日だった。しんどく、厳しい職場で、楽な商売ではなかった。東京取材の新参記者、初年兵にはきつい。前橋支局時代が懐かしく思えた。

健康のことなど考えるいとまもなかった。とくに病状らしき異変はなかった。長生きするつもりはなくても、この一番の働き盛りの時期こそ、自分の身体をいたわるべきだったと今にして悟った。現今の身体を考えると、そのときから変調の兆しを捉え、早期対応することが肝要と痛感している次第だ。

病人になってからでは遅い。「命より健康が大事」なんて言いながら、体力作りに励んでいる人を見かけるが、それで隠れた悪魔が消えるわけではない。中堅時代こそ病巣が成長しやすく、困難な状況になることをお医者さんから教えられた。実際、四十歳代だった会社の上司は胃がんになって、あっという間に亡くなってしまった。

さて、事件記者生活。毎日、朝回り、夜回りに走り、へとへとになった。正直、会社を辞めたいとも考えた。人間の生活ではない。家族も遠くへ行ってしまった。

仕事現場での滞留時間が長いため、一日四食から五食も食べていた。それも豚カツ屋、天ぷら屋、牛丼屋、スパゲッティー店に行く。楽しみはほかにない。当然、メタボ症候群になり、体重は八五キロになってしまった（今は五九キロでスリムになっている）。そして朝方まで新橋、新宿で酒。健康にいいわけがない。

2　あとがない毎日

すり減らす神経

最初は〝兵隊〟として司法記者クラブで仕事をした。三年後、やっと卒業できると思ったら今度は国税庁担当を命じられた。ここも激職である。手を挙げて参戦しようという記者は多くない。こんなショバではなく、文化、芸能、音楽関係をやりたかったのだが……。

国税では脱税者、脱税企業を調べ、記事にすることになる。検察、東京地検特捜部の摘発対象は政官財がほとんどだが、国税は調査対象として私人、私企業を狙う。検察は最終的に逮捕、起訴の時点で発表がある。しかし、国税は個別案件について一切コメントしない。

熾烈な戦いの取材現場だった。「地獄の国税」とも言われた。どこの新聞社も同じで、国税記者の新人は暗い顔をしてやって来る。筆者も孤独なネタ追い作業に疲れ、夜、朝方は酒の力を借りた。

毎日が脱税事件まみれだった。それも自己責任で書く。相談すべき上司はいない。すべれば内容証明、訴訟が待っている。名誉毀損である。幸い、大したトラブルはなかったが、独り駐在の事件記者クラブ勤務は楽ではない。

それでも、いつしかスリリングな世界に快感を覚えるようになってしまった。戦いに魅力を感じるようになった。変われば変わるものである。「抜いた」「抜かれた」の世界にどっぷり浸かってしまったのだ。

健康管理ゼロ

このころ、高血圧、腎機能低下を健康診断のたびに指摘されていたが、深刻なやまいとは思わなかった。ともかく病気で入院したことはなかったから、健康を気にして、身体をいたわるなんて、軟弱者とさえ思っていたぐらいだ。四十歳前後のことである。

今日のやまい頻発が、あのときの不摂生、健康管理ゼロが生んだと思うことはない。過酷な仕事など、どの企業でも強いられるのだから。仕事と病気の因果関係などあまり念頭に置かない。ライバル新聞社の記者、企業戦士の多くは、今も健康に過ごしている。筆者の病禍はやはり「不運」だ。

ただ、最近、過酷残業による自殺、宅配会社の過重労働、レストラン会社の深夜営業などの問題に対して、労働環境改善措置が講じられるようになった。健康、命を大事にすることは正解であろう。世間もうなずいているはずだ。「向こう傷を問わない」時代は終わりにあるのだろう。

一服の休養

国税担当のあと、会社から一服の優雅な時間を与えられた。中国留学である。「語学を勉強してこい」と言われ、四十歳で北京に赴いた。

留学だから語学勉強が中心である。大学宿舎から教室に行って中国語を学ぶわけだが、朝が早いので、教室が終わる昼過ぎには度数50度以上の白酒（パイチュウ）（茅台酒（マオタイ）のようなもの）を飲み、夕メシも食べずにベッドに入ってしまう生活だった。

心配はやはり異国の地での病気にあった。中年という年齢から言えば成人病（生活習慣病）に襲われたらどうするか。お医者さんと意思疎通ができるのだろうかと懸念した。

金沢時代と同じように北京も単身赴任だった。心臓病、脳卒中、糖尿病などへの不安。食あたり、水あたりがあるかもしれない。歯が痛くなったら始末におえない。幸い、滞在中、病院に行くこともなく、心配は杞憂に過ぎなかった。帰国して変な自信が生まれた。

東京本社の社会部に帰って、また、司法記者クラブ勤務を命じられた。今度はキャップとしての立場だった。検察、裁判担当への舞い戻りである。ともかく毎日お酒を飲んで、たばこを吹かして、朝帰り。健康にいいわけはない。

「あの記事は大丈夫だろうか。柱はいっぱい立てて万全を期しているが……」「他社に別の特ダネを打たれているのではないだろうか」

毎日だ。疲れる。胃がキリキリした。家族との接触はほとんどなかった。子どもがどこの学校に入ったのかも知らない。どうしようもない父親だ。企業戦士なんていう恰好いい姿ではない。よれよれだった。

検事総長、東京地検検事正らと差しで話す。歴代特捜部長とは遊びも含めて歓談する。しかし、守秘義務の壁で口は堅い。

韓国検察が大統領の訴追経過を説明する、フランス検察が日本人女性の不明事件でマスコミの前でしゃべる。こうした光景に驚く。日本検察は閉じこもりで、「説明不要」を繰り返す。

こんな鉄壁をどう破るのか。黙っていていいのか。検察をギャフンと言わせるネタはないのか。手練手管が必要であり、場合によっては籠絡策も講じなければならない。

そんなことばかり考えていた。新聞社、テレビ局などマスコミ記者はさまざまな人脈、取材ルートを開発し、新ネタを報じている。まことに毎日が疲れる。

今は懐かしく

検察担当通算六年、国税担当四年、事件遊軍キャップ三年。命が縮む場面ばかりを踏んできた。経験した事件は数えきれないほどだ。

当時は「ニュースを抜く」ことが至上命題であった。抜かれれば頭を丸める記者もいた。

いくつかエピソードを紹介しよう。

「大蔵省・日銀接待汚職事件」である。東京地検特捜部が野村證券の利益供与事件から手掛け、発展させた事件だった。一九九八年初頭のことである。特捜部検事、検察事務官が突然、野村證券のガサ（家宅捜索）に入った。自社も含めほとんどのマスコミは知らず、検察に出し抜かれた。「やられた」である。事件はどんどん進展し、証券会社を総なめにし、四大証券の一つの山一證券が消滅した。捜査は大蔵省（当時）中枢に入り、日銀官僚まで迫った。各社とも追いかけても捜査に間に合わない。

当時の記者仲間と一献（いっこん）傾けると、「初報を抜かれなくてよかった」となる。それほど初報で出鼻をくじかれると消沈してしまうものである。

大阪地検特捜部の証拠改竄（かいざん）事件というのもあった。二〇〇九年、同特捜部は自称障害者団体に障害者団体としての認定証明書を発行する手助けをしたとして、厚生労働省の女性キャリア官僚を逮捕した。障碍者の証明があれば郵便の割引制度を利用できるからである。勾留されたキャリア官僚は無実を訴え続け、判決は完全無罪だった。

その過程で、とんでもないことが発覚した。特捜部の捜査検事が証拠品のパソコンをいじり、〝犯行日時〟のつじつま合わせをしていたのだ。朝日新聞に抜かれた。

某放送局の事件記者は、抜かれるたびに頭を丸めていた。また、国税クラブでは抜かれた記者が大蔵省五階の記者室から飛び降りようとしたという、本当かウソか分からない噂もあった。

戦場は熾烈だった。会社が「抜く」ことを厳命しているわけではない。意地をかけた他社記者との競争である。「ひと泡ふかせたい」と念じながら、抜かれればそれでおしまい。あとがないのだ。切歯扼腕（せっしやくわん）の毎日だった。

3　やまいにまみれて執筆

台湾に避難

北京から帰って社会部デスク、特報部デスク、写真部長を務めた。そして金沢でのがん発症。やまいによる仕打ちと向き合いながら、仕事はした。編集委員時代に俳優・小沢昭一さんの一代記を書いた。また、小沢一郎民主党代表（当時）に執拗に迫った東京地検特捜部の手柄主義を戒める記事も雑誌に寄稿した。

出版社から依頼された本の執筆作業にも追われた。『新・検察秘録』、『新幹線とリニア　半世紀の挑戦』などのほか、『文藝春秋』誌からも原発問題を書いてほしいとか検察の堕落ぶりを抉(えぐ)ってほしいとか要請があった。

東京新聞が別刷りで出している「暮らすめいと」という折り込み紙の執筆も初回号

東海道新幹線保線作業を取材

から手がけ、常連執筆者となっている。季節の風物、鉄道旅、食、人、町の歴史などが取材対象だ。「抜いた、抜かれた」はなく、楽しく書いてきた。そんなわけでけっこう忙しかった。

しかし、しばらくしてがんセンターで咽頭への放射線治療が待っていた。六十三歳だった。放射線治療のための「恐怖のお面」を忘れようと逃避を画策した。

台湾〝逃亡〟である。定年以降、足繁く通っていた。台北の松山（ソンシャン）空港に着くと、故郷の香りを感じるほどなじんでいた。ここで身体異状が発生しても、後悔することはないとまで思い込んでいた。

めげない性格なのか、「まだ大丈夫」

と楽観していたのか、台湾に入ると元気になる。家族、友人、「ゆかり協会」（後述）の面々とも漫遊した。台湾満喫である。

暗い時期を引きずってきた台湾。人々にとって過去は「陰」が強く、忌まわしい時代を思い起こす人々も多い。日本の統治時代のことではない。日本の後に侵攻した蔣介石・国民党軍による圧政を思い浮かべるからだ。その後は中国大陸の「一つの中国論」の押し付けに人々は辟易している。

しかし、民主化後、元気いっぱいになった台湾。観光、グルメなど魅力にあふれているだけでなく、複雑な歴史から奥深さも秘めている。探訪するきっかけになったことだ。

4　老齢引っ越し

残暦は長くない

六十五歳になった。ここで会社を完全退職することになった。六十歳で定年、六十五歳まで特別嘱託。会社人生は終点となった。特段の感懐はなかった。四十年、給料をもらえたことをありがたく思った。

「さあ、自由にやるぞ」と意気込んだ。まだ書きたい原稿はたくさんある。行ってみたいところもいっぱいある。完全退職後、何冊かの本を出版し、雑誌に寄稿し、NHKのニュース番組にも顔を出した。

これまで台湾に行き、スペイン、フランス、イタリアなどのヨーロッパ観光旅行も敢行した。仕事ではタヒチのボラボラ島、アメリカ、オーストラリア、香港などに行っている。

家族と行ったイタリアのベネチアをもう一度遊覧してみたい。夢を広げ、楽しく過ごそうと考えている。しかし、年齢を考えれば残暦はそう長くはない。年金収入は乏しい。スタミナも昔ほどはない。

一つやってみたいことがあった。庭付き住宅への移住である。盆栽老人になるつもりではない。ベランダの鉢植え植物がかわいそうだからだ。少しの野菜ができるかもしれない。実現を決意した。

引っ越しは疲れる

「その年で」とよく言われる。自分でもこんな無茶なことをよく敢行したものだと思う。川崎市高津区梶ケ谷（たかつくかじがや）のマンションに住んでいたが、六十六歳のとき、「ここも住んで十八年。コンクリートの建物はあきた。庭のある家がほしいね。二十年超えると売り値ががくんと下がるらしいし」という夫婦どちらからでもないつぶやきが、転居の動機だ。

マンションを売る。その売却額の範囲内で新しい家を見つける。引退老人にローンを組んでくれる銀行などありゃしないから。

簡単に構えていたが、大変なことになった。売るほうは「業者買い」で不動産業者が手を挙げてくれ、早く片づいた。人気の田園都市線。それも駅から七、八分の静かな住宅地だ。売り手市場だった。だから、売却契約はすぐにまとまった。

ところが、転居先がなかなか見つからない。家なき子になってしまう。仲介不動産屋をせかした。

やっと今の座間市の一戸建ての家が見つかった。新宿まで小田急電車で約一時間かかる。毎日、都心方面の仕事場に通うわけではない。ちょっと遠くてもいいかと決断した。

条件は「駅まで歩いて行ける場所」「静か」だけだった。厚木基地の軍用機は、はるか彼方の航路を飛んでいる。ほとんど気にならない。周辺に緑は多く、朝焼けの陽が窓辺に飛び込み、夕日は丹沢山塊に静かに沈む。まあ、百パーセントではないが、よしとしている。

引っ越しの荷造り、荷ほどきは老夫婦に辛かった。引っ越し当日はとりあえず寝床と台所だけを確保してバタンである。やっと整って家具調度の配置を終え、座間になじんで落ち着いた一年後、脳梗塞に襲われた。

もう引っ越しはこりごりだ。ここが「終の棲家」になるだろうと考えていた。まさか本当に最期の地になるかもしれないやまいに襲われるとは……。

自宅で死にたい

日本人の平均寿命は男女とも八十歳を超えている。しかし、いずれ最期が来る。やまい、あるいは老衰に陥ると、自宅で死を迎えたいという人がほとんどだ。それでも、多くの人は病院、老人ホームなどで亡くなっている。

不自由な身体の世話、臨終の看取りで、親族らに迷惑をかけたくないという本人の意向もある。しかし、本当は家で眠るように逝きたいと強く思っているはずだ。

筆者の母親もがんで入退院を繰り返し、余命は親族に告げられたが、察知したのかどうか、「うちに帰して」と懇願された。相模原の自宅で朝、眠っているまま息を引き取った。

あとで述べるが、終活セミナーを運営している一般社団法人「ゆかり協会」の理事を務めていて、セミナー参加者からはやはり自宅死を望む声が多かった。

転居2年後の自宅庭

私もそうだ。

アタマで倒れて北里大学病院に運ばれたとき、意識朦朧（もうろう）ながら、救急車にそのまま自宅に行ってほしいと願ったような記憶がある。

家族は大変だろうが、自分のベッド、書斎、手入れした庭が懐かしく頭に浮かんだ。「もうだめだ」と死を覚悟し、そのとき、無意識のうちに「うちに帰りたい」と涙ながらに切望した。そんなかすかな記憶がある。

にごれる水の流れつつ澄む　山頭火

第8章　日はまだ暮れず

1　今度は舌がん

ベロを切除

二〇一六年九月十三日、がんの定期検診のため築地のがんセンターに行った。脳梗塞、心臓、肺の問題が寛解傾向にあるなかで、頭頸部腫瘍科の吉本世一先生の診察を受けた。

「何事もないように」と祈った。いつものように鼻から挿入する内視鏡で喉を点検する。「はい、大丈夫ですね」。次は口の中を診る。先生は使い捨て手袋をはめて、口を大きく開けるように引っ張る。舌の周辺を探る。顔を近づけて凝視し、病変の有無を探る。

「左側面。これ怪しいな。ちょっと組織を取りますから」と言ってヤットコのような器具でいきなり部位をはぎ取った。「イテー」で終わり。麻酔も何もない。「これ、病理に回しますから」

とりあえず終わったと思って待合室に戻ったら、舌からの血が止まらない。血栓予防のさらさら薬（抗凝固薬）を飲んでいたからだ。

診察室をノックし、「先生、血が止まらないのですけれど」。「あ、そうですか、それでは、ひと針縫いますか」。今度は糸の付いた針を持ってきて、これも麻酔なしでいきなりベロに刺し込み、先生の手で糸を結わえた。「これで血は止まります。糸はそのまま肉になりますので、放っておいてください」

五年前からの懸案

吉本先生には咽頭がんをやって以降、三ヵ月か四ヵ月に一度、診察してもらっている。これまでも今回の部位を診るたびに「うーん、ここがちょっと気になる。白くなっている。まだ大丈夫かな」と聞かされてきた。「舌の左下はがんになる可能性があります。もっとも、十年後かな。発症は一〇パーセントぐらいの確率かな」との見立てだった。

それが本物になりつつあった。頭頸部の外科医として実力があり、『週刊文春』でベスト外科医としても取り上げられたお医者さんだ。「怪しい」となったらこれはだめだろうと覚悟した。

「先生、本物だったら、どんな治療方法があるのですか」。普通、がん宣告をされたら、生きた心地がしないのだろうけど、自慢じゃないが、キャリア十三年のがん多発者である。

何か治療法があるはずだと「生」の継続を求めた。吉本先生は「検査結果が出なければ分かりませんが、本物だとしても、三十分ぐらいの手術で摘出できます。入院も不要で済みます。切除による痛みもないでしょう」と安堵をくれた。

疲れた。その日はいつものようにがんセンター近くのコンビニで焼酎（12度）を買い、公園で口を湿らせた。舌の生検切除跡は痛くはなかった。痛いかどうか、その確認のためという都合のいい理屈だった。霞ケ関方面に向かう日比谷線に乗った。東京新聞のかつての部下たちと懇談するためだった。

がんは本物だった

二週間後の九月二十七日、検査結果を知らされた。夕方だったか、吉本先生は「やはり、ありました。がんです。手術で取りましょう」。

北里大学病院での治療を最後に病気とオサラバできるかと思っていたら、また、暗転である。こうもがんに付きまとわれると、恐怖というより「またか」とうんざりしてしまう。

妻に電話をした。

「本物のがんだって」

「あ、そう。それでどんな治療になるの」

「日帰り手術でいいらしいよ。痛みがなくなるまで入院してもいいって言われたけど」

「あ、そう。手術代かかるわね」

「うん、悪いね。これから帰るよ」

何か、風邪をひいたときのような乾いた会話だ。向こうもあきれているのだろう。

千葉県に住む姉は肺などにがんを発症し、このがんセンターに定期通いしている。「このサプリ、がんにいいらしい」「免疫力を高めるジュースも飲みなよ」「野菜はこれ」と指示してくれる。ほとんど無視。飲食したことはない。サプリ系統を忌避しているわけではないが、そんなもので治るのかという疑念から、手をつけない。

うちの一族はがん系統なのか心臓病系統なのかよく分からない。おじ、おばらはいずれかを患って亡くなっている。父親は心臓(健在)、母親は乳がんで死んだ。姉は肺がん経験者。もう一人のおじも肺がんになった。手術を受けていったんは元気になったものの、がんが再発したのか亡くなった。日本人の高齢者病の見本のような家系である。

筆者はがん、脳梗塞、心臓、肺炎、腎臓のほか痛風、貧血、甲状腺異状、高血圧などを患い、病気のオンパレードである。

(自慢しているわけではありません。解消するよう祈っているのです)

子どもらに〝伝染〟することがないようやまいを自分に集め、「治す」ことに打ち込んでいる。遺伝性があるのか、体質なのか、はたまた飲食、環境によるものなのかは分からない。今は二人に一人ががんになる時代。健康診断は受けてほしい。

絶品のウチワエビ

肺がん経験の姉は六十九歳。南米の秘境を訪ね、イタリアを夫婦で旅してきた。「今度、世界一周旅行をするの。今しかできないからね」と老いもやまいも感じさせず、動き回っている。うらやましい。

こちらはせいぜい片道三時間余りの台湾旅行。それも取材がほとんど。地獄のような暑さのなかを歩き、極寒の台湾中央山脈をバスで登った。グルメというわけではないが、うまいものを探し歩いた。台湾の小粒ながら濃厚な牡蠣、ウチワエビ（セミエビか）、シャコ、貝類などは絶品だ。南米、アフリカなどに行かなくてもそれで十分だ。

鮟鱇は地獄の魚か吊るし切り　栄酔

茨城県高萩（たかはぎ）市の親族宅の近くから太平洋が見える。地震に年中見舞われている所だが、海からは鮟鱇（あんこう）が上がる。昔は外道（げどう）と呼ばれ、捨てられていたが、今や高級魚に出世している。青森・大間の本マグロ、富山・氷見の寒ブリなどもいいが、鮟鱇、オニカサゴなどグロテスクながら美味を内包している魚介類が好きだ。

なかでもクジラの刺し身があれば、するりと喉に入る。魚ではないが、海の生息動物だから一緒だ。特にうまかったのが昔のシロナガスクジラの尾の身である。今や幻の存在となった。

北大路魯山人とか池波正太郎とか、文芸執筆家に食通は多いが、「目刺しの土光（敏夫）を目指すのがいい」というジョークもあった。今や傾きかけた東芝の社長、会長を務めた経済人だ。「控えめに生くる幸せ根深汁」はかつての政治家・藤波孝生の作句だ。いずれも質素が売りだ（本当はお金持ちなのだが）。

俎板の鯉

食の話をしたついでにかつての勤務地、金沢のことを思い出した。先述したが、金沢市内に近江町市場がある。北陸の魚介類、地場野菜がたんと積まれ、安く売られてきた。ズワイを中心としたカニ類、能登牡蠣、ゲンゲというぬるぬるした魚、シロエビ、ガスエビが並ぶ。畑作物は源助ダイコン、太キュウリ、加賀レンコン、金時草な

金沢・近江町市場は豊富な魚介で溢れている

どだ。

羽田空港からひと飛びで小松空港に着く。今は北陸新幹線もある。「もう一度、行ってみたいな、懐かしき地」である。と、夢のようなことを考えながら二〇一六年十月二十一日午後二時ごろ、がんセンター九階の手術室におろおろ出掛けた。妻は控室。

手術服に着替え、帽子を被り、狭い手術台に横になった。計器類が身体に装着された。吉本世一先生ら医師の方々は「よろしくお願いします」と俎板（まないた）の鯉に語りかけてくれた。

手術台に上がって、そういえば、と思い出した。

「先生、胸にペースメーカーが入っているのですけど。すみません、言い忘れていました」

「えっ、あー、チェックミスだった。さて、電気メスは使えるかな」

看護師さんがペースメーカー手帳に書いてある会社に電話をかけるが、間に合わない。吉本先生は「では、電気メスはやめて(アナログの)メスにしましょう」と判断し、執刀にかかった。

ベロに麻酔注射が打たれた。それほど痛くはないが、全身麻酔ではないので意識がある。どうしても歯を食いしばり、硬直してしまう。

「力まなくていいですよ」「楽にしてください」と言ってくれるが、自分の肉、それも舌を切られているのかと思うと、穏やかではない。

もうこれきりに

「はい、きれいに取れましたよ。あとは三針縫って終了です」。小一時間で終わった。こちらは痛みがどうなるのかやきもきしたが、しばらくして痛みはなし。話もできる。その日、夕方、帰宅した。

ベロなんて一番敏感な感覚器官と思っていた。手術室で「ここをこう切り取って」という指示の声が聞こえると、緊張し、手、肩に力が入るため、くたくたになった。早々にベッドに潜り込んだ。

ここで間違えてはいけないのは、何回か言ったが、切除した病巣の病理検査。その結果を二週間後に聞くことになっている。結果の日、吉本先生は「断端などはすべて陰性です。きれいに取れましたよ」と安心の報告をしてくれた。切除部の端にがん細胞が残っていると取り切れていないことになる。それがないというのだ。

放生の海底さ迷いワタリガニ　栄酔

なんだかダブル、トリプルのやまいに見舞われながら悲観することもなく、シャバを楽しんでいる。アホな老人と思われるかもしれない。別にカラ元気を装っているわけではない。行く末が分からないことは誰かにお任せするよりほかない。

2　心臓アブレーション

自力で動く心臓

心臓をやって、脳梗塞をやって、北里大学病院で治療してもらった。そしてなんとか退院した。しかし、心臓の問題はまだ残っていた。終わりにはならなかった。

退院一ヵ月後ぐらいの心臓のペースメーカー検診で不審な動きを指摘された。「ペースメーカーが入っているのに、何があるのか」と不思議に思った。すると、先生は「脈拍が不整です。ペースメーカーを装着しても、心臓は自力で動きます。自力で動いているときに不整脈の波が現れます。薬かカテーテルアブレーションで処置できます」と言う。何かまた振り出しに戻ったような思いに捉われた。

心臓にペースメーカーを入れてもらったら問題なくきちんと脈を刻むものと思い込

んでいた。ただ、退院して自宅に戻り、毎日、血圧計で脈拍を計っていると上下動が激しい。ときに脈が50を下回るときもあった。

二〇一六年夏、北里大学病院の心臓専門医による定期検診で先生は「ペースメーカーは脈を整えますが、心臓は自力でも動いているのです。心房細動がまだあります。それがブレをつくっているのです。根本的に治すにはカテーテルアブレーションをやるべきです」と言う。

なんだかよく分からない。ペースメーカーは脈拍を整えてくれるが、自前の心臓は勝手に動いて乱れをつくっているのかと解釈した。

腎臓との板挟み

先生にこう言った。「また脈が四秒も止まるようなことは、ペースメーカーで防げるようになったのですよね。心臓の自力作用を抑制してくれているのですよね」「もう、病院、入院、手術はたくさんなのです。しばらく考えさせてください。変調をきたしたら即座に手当てをお願いしますから」と。そして病院をあとにした。

アブレーションとは足のつけね辺りからカテーテルを挿入し、心臓まで届け、不整脈の問題個所に通電させ、焼灼（しょうしゃく）する術だという。

それほどリスクのある手術ではないらしい。終わればさっぱりして、不整脈を抑える薬を手離すこともできるという。

うーん、どうしようかと迷いながら、再考した。それで心臓病とサヨナラできるなら「この際」と思い、やってもらう方向を選んだ。

二〇一七年一月、北里大学病院で不整脈専門医の診察を受けた。血液検査、心電図計測をやり、そのデータを基に先生は説明してくれた。

「血液検査の結果ですが、クレアチニンの数値が高い。腎臓に問題があります。アブレーションは造影剤を入れながら探るのがベストです。しかし、造影剤は腎臓に影響します。それが使えないとやや難しい治療になります。ただ、やれますよ。できないわけではありませんよ」

クレアチニン数値が随分高いことは前から別の病院で聞かされていた。腎機能が落ちている。そこに造影剤を使うと腎臓に影響してくる。それをすかさず指摘してくれた。さあ、どうしたものか。頭はますます混乱した。

アブレーションをやめた

やらなくても薬（不整脈用、血液の抗凝固薬）を服用していれば、脳梗塞を再発する可能性は極めて低くなるという。先生は「判断は任せます」という。またも難しい選択を迫られた。

妻は長女、長男にも意見を聞いた。「やらなくてもいいのでは」が大勢だった。それもあって「やめよう」と決断した。薬を毎日飲むことくらい、年寄りにはお手のものだ。あえて火中に飛び込むことはないと考えた。

腎臓に関してだが、意外と機能が知られていない臓器である。血液を濾過して体内に戻し、不純物を尿と一緒に排泄する役割を担っている。血液濾過力が減衰すると人工透析が必要になる。週に数回、病院に通って数時間かけて、器械で血をきれいにしてもらわなければならない。治療費用もかかる。海外旅行もできなくなる。

随分前から尿たんぱくが出ると指摘されていた。虎の門病院にかかり、今も相模台病院で専門医に経過観察をしてもらっている。クレアチニンや腎機能の働き具合を見るｅＧＦＲなどの検査を繰り返している。クレアチニンの数値は毎回１・５前後で高い（基準値は病院でやや異なるが概ね1・10以下）。eGFRは四〇パーセント弱。危険水域にあるが、透析は免れている。したがって造影剤を入れれば腎臓がダメージを食らうかもしれない。

最終的に薬で脳梗塞再発症の可能性を低くできるというので、カテーテルアブレーションをやめることにした次第である。あちこちに病巣があり、こちらは何がどう相互作用を起こしているのか分からない。運を天に任すだけだ。

それでも新しい年

五十五歳のとき、がんになって「生きて二年」と胸に秘めた。ところが、なかなか最終日にはならない。そこで「わが命はしぶとい。それなら七十歳まで」と延長した。さらに、アタマをやられ、生還してからは「もらった命だ。八十歳まで何かができるだろう」と再延長した。

まあ、振り返れば六十八歳になる二〇一六年は多難な年だった。アタマは脳梗塞、心臓は不整脈、舌がん、肺炎、腎臓治療。たまらない一年だった。

夏は暑く秋風が待ち遠しい。冬は寒いが桜の春が待っている。当たり前の季節のうつろいだが、それを感じ取れるだけ、まだ常人と思っている。

二〇一六年暮れのクリスマスになった。子どもたちが集まってくる。別にクリスチャンではない。筆者の誕生日（十二月二十四日）だからだ。続いてお正月を迎えることになる。お雑煮を食べ、新しい年を祝う。妻の誘いでいやだけど近くの神社にお参りした。神頼みではない。「運」に感謝しただけだ。かつて左翼運動にかかわった〝唯物論者〟だからだ。今は反体制意識が若干残ってはいるが、〝現物主義者〟になっている。

かにかくに数の子買って妻師走　栄酔

六十八歳までなんとかしのいできたが、月に二、三回、アタマ、心臓、腎臓などの病院に行き、薬をもらう。その費用だけでも年金と原稿料、講演料暮らしの老夫婦にとって家計負担は重い。

医療費はどれくらいかかるのか。うろ覚えだが、胃の切除のときは手術代、二週間の入院費で百万円前後だったかと思う。何回かの食道がんの内視鏡手術は一週間の入院で一回十万円ぐらいだったのではないか。喉のがんの摘出手術は十九万円、脳梗塞の北里大学病院は三十三万円、舌がんの手術は十万円前後。健康保険適用、高額療養費（高額な医療費を減免する制度）を受けた実質支払い額である。

富豪の家に育ったわけではない。豊かな実家ではない。結婚してからも楽ではない生活を送ってきた。それでも定年後は年金で楽隠居ができるかと思っていたらとんでもない。昔の貧乏文士さながらである。週二、三回ほどの会社勤務の話はいくつかあったが、病院がある。通勤のスタミナもない。辞退した。

今日、七十歳すぎまでバリバリ働いている老齢者も多い。マスコミ、検事、弁護士、政治家、経済人など筆者の知己も現役時代のような働きを今もしている。そして、銀座での飲食、ビジネスクラスでの海外旅行、自宅新築などを実現する精力的な定年後世代も少なくない。能力、経験、コネクションがものを言うのであろう。元気力、バイタリティーには感心する。チャンチャンコを着て盆栽いじりどころではない。

楽隠居はまだ

生活私事である。

六十五歳で東京新聞編集委員の定年後特別嘱託を辞めて完全年金生活に入ることになったが、年金収入は月額二十万円ちょっと。妻の分、企業年金などを合わせても三十万円ほど。あとは筆者の原稿料などの雑収入。

食う分に困ることはないが、病院代がかかり、会合の交際費、交通費、習い事などの支出もある。これでは海外旅行どころではない。

同じ年で東京新聞ＯＢのＫさんは六十六歳で仕事を見つけ、毎日朝から職場に通っている。やはり同じ年のＩさんはパチンコ三昧（ざんまい）の日々から脱却し、仕事を見つけた。定年後、大学教授になったテレビ記者もいる。また、会社を興した元広報マン、株式投資で儲けて優雅な生活を送っているかつての猛者女性記者など、再々就職を果たし、才覚を発揮している。

定年前、みんな目いっぱい働いて、年金を積み立て、「優雅な老後生活を」という夢を描いてきたはずだが、年金では間に合わない。「この年でも働かなければ食えない」という悲哀。悲惨な老後はごめんとばかりに仕事を探している。

先述したように支給される年金額は細り、介護保険料はアップする。税金はしっかり差し引かれる。健康保険料、固定資産税も取られる。情けない。日本の老後福祉はどうなっているのか。姥捨て山になってしまう。

英国、北欧諸国にも劣るこの貧弱な施策に声を上げて国会を包囲する動きはない。海外では「反トランプ」「反朴槿恵」のように街を埋める旗が波を打っている。そんな怒り、人のうねりは今の日本国内には微塵も見られない。現在の生活に満足しているのだろうか。安保反対、消費税導入反対のかけ声はいずこに。

新聞記者の老後生活はもう少し期待していた。無残。わずかな蓄えを食いつぶすだけだ。老後を支える特技は、取り立ててない。つぶしが利かない職業経験である。悲しい現実だ。

しかし、取材歴四十年。武器がないわけではない。かつてのネットワークで出版社から依頼を受けて、本を出し、雑誌に書くことはできる。過去の蓄積を講演でしゃべることはできる。在宅作業をし、ときたま外部取材に出掛け、細々とした営みを続けている。

生活防衛、自己防衛のためだが、それ以上に原稿書きをやめたら、やることがなくなってしまう。巷を彷徨しないためにも、仕事を自分に課している。

ただ、かつても今も、仕事を求めて自分を売り込むことはしない、依頼されたものは断らない、という姿勢でいる。素浪人の身になってもまだ少しは矜持が残っている。

3　待望の台湾本刊行

還暦旅行が縁だった

ぼやいていても始まらない。アタマをやられて入院している最中にも原稿依頼、講演依頼がやってきた。パソコンメールを片目で見て了解し、病室で準備にかかった。まず、片づけなければならないのは俳句の会の会誌『百花』の原稿であった。エッセーを書いて送った。

そのあと一部上場企業からセミナーの講師を頼まれて、草案を練った。入院していることは告げていない。講演は六月。退院してすぐだ。当日の会場で「もの忘れが激しいことをご容赦ください」と冒頭で振った。昔のことは出てくるが、数分前の出来事を瞬時、忘れてしまうことがある。アタマのせいだろうか。

最大の懸案は台湾本にあった。講談社から新書で出す予定になっていた。二〇一六年初めに最終稿を出していた。台湾の奥を探ったルポで、自分で読み返しても面白いと思う内容だ。

台湾との接点だが、六十歳の定年を迎えたとき、長女、長男が海外旅行をプレゼントしてくれると言ってきた。「悪いけど、九時間、十時間も飛行機に乗る海外はきつい。三時間ぐらいのところはないかな」と注文した。長男は「韓国、台湾、グアム、それぐらいだよ」と言う。「それなら、台湾がいいな。二十年前に行ったことがあるから、今どうなっているのか知りたい」と頼んだ。

そこで、一家四人で、台湾旅行に出掛けた。実はあまり期待していなかった。二十年前の台湾はストで騒然として砂埃り舞う街だった。それが頭に残っていたからだ。戒厳令が解かれて間もなくのころだった。もの言う人は少なかった。

ところが、風物は様変わりしていた。高層ビル、地下鉄、台湾新幹線（高鉄）が建設され、高級ホテルが海外からも進出していた。人々はものを言うようになっていた。旧政権は日本を敵国視していたが、「親日」をためらわず語りかけてきた。

その変貌ぶりに驚いた。「これはなんなのだ」。台湾通いが始まった。定年になって嘱託編集委員になり、身も軽くなっていた。台湾をあちこち探訪し、これまで二十回以上訪れた。

「これを本にしたためよう」という野望が湧いてきた。遊びが仕事になる理想的な姿である。

本はこれまで十冊以上書いてきた。そのほとんどが事件に関する内容だった。検察関係、国税関係、経済事件、警察事件などである。ノンフィクション作家を名乗っている以上、登場人物のほとんどは実名で書く。それだけに取材確認が大変で、緊張を強いられた。

今回は、気持ちよく書くことができた。スキャンダルはなしだし、お楽しみも盛り込んだ。日本人も台湾人も知らないところをたくさん取り上げている。

脱稿はしたが

実は、一家で台湾を旅行する際、心に雲がかかっていた。出発直前のがんセンター検査で食道三ヵ所、十二指腸から一ヵ所を生検されていたからだ。台湾から戻ってがんセンターに結果を聞きに行って、何を告げられるか分からない。

裾を引っ張るがんセンターから逃げ出したい思いだった。だから台湾漫遊中も顔は暗かったはずだ。

子どもたちの台湾プレゼントから帰って、がんセンターに行ったら、「四ヵ所ともシロです」と言われた。奇跡である。それでも内視鏡の小田一郎先生は「食道一ヵ所はがんに変異しやすい病変です。顔つきが悪い」とまた不安を投げかけてきた。それ

台北のお寺でがん脱却を祈願

まで、半年ごとだった内視鏡の再検査を三ヵ月後にやりましょうということになった。

二〇〇九年春、六十歳。先生の見立ては鋭い。再検査で食道にがんはあった。また、入院。十三階A病棟。内視鏡で切除をしてもらった。しかし、病巣の浸潤は深かった。抗がん剤、放射線治療に移った。この辺のことは既に述べた。

家族との台湾旅行はこんな不安を抱えながら挙行された。それでも、二十年ぶりの台湾旅行は楽しかった。あの台湾旅行がなければ、その後の訪問もなかった。

家族旅行後、本を書くため何度も台湾各所の現場を歩き、風物を見、人から話を聞いた。あまり知られていないフィリピン群島との間にあるバシー海峡での日本人兵士の悲劇、神になった日本人警察官、花蓮の尼寺、原発問題などを取材した。それを原稿に書き上げた。出版の最終工程でアタマをやられるという災厄に見舞われたが、講談社の編集担当者が頑張ってくれて二〇一六年十二月、本は刊行された。題名は『台湾で見つけた、日本人が忘れた「日本」』。まあ、しぶといこと。

4　一陽来復を求めて

熊﨑勝彦さん

ここで病気、老齢の憂鬱な出来事から前向きの楽しい話に移ろう。

マスコミ関係者や、かつてのライバル記者とは今も年に何回か宴席で交流を続けている。

二〇一七年二月、東京・品川の飲食店にそうしたメンバーが集まった。元々は筆者もそうだが、マスコミに在籍していた明治大学出身者による会合だった。プロ野球コミッショナーの熊﨑勝彦（くまさきかつひこ）氏の音頭で始まった。

熊﨑氏は七十五歳。意気軒昂である。元検事で東京地検特捜部に在籍すること十二年。特捜部長も務めた。政官財の不正摘発など多くの事件を手掛け、退官後は弁護士になった。のち、請われてプロ野球コミッショナーに就任し、現在まで務めを続けている。

おつき合いはヒラ検事時代からだから三十年になる。大学の先輩でもあり、〝友達〟でもある。年中、電話がかかってくる。「どうだ、元気か。今度メシでも食おう」「なんとか生きていますよ。クマさんは声に張りがありますね」。クマさんの豪胆な声を聞くたびに「もうひと踏ん張り」と元気づけられる。

熊﨑氏は「人間の在りようは形ではないのですよ。心ですよ。誠心誠意です。東京地検特捜部長時代はいろいろ事件をやりましたが、うまくいくかどうか眠れない夜ばかりです。プロ野球のコミッショナーになってからはプロ野球界の隆盛を図るため各方面に協力をお願いしました。二〇一七年春のＷＢＣはなんとかいい成績を挙げてほしいですね」と、つや、張りのある顔、声で語った。

結果は残念ながらアメリカチームとの準決勝戦で敗退した。

ほろ酔い語り

品川の会は明治大学出身者の集まりだから、『日刊ゲンダイ』からＢＳ11に移り、役員を担当している明大出身の二木啓孝（ふたつきひろたか）氏が顔を出した。二木氏は確か六十七歳のはずだ。ライバルではあったが、彼の人脈、情報力には頭が下がるところだ。『気がつけば騎手の女房』を書いた作家の吉永みち子さんも現れた。テレビコメンテーターとして活躍している。東京外語大インドネシア語学科卒で、明治大学出身ではないが、集まりにはいつも参加してくれている。日本酒大好き人間だ。「村ちゃん、よく生きているね。たくましいね。クマちゃんも元気でいいね」と始まり、ほろ酔い語りを披露してくれた。

『週刊文春』編集長の新谷学（しんたにまなぶ）氏もやってきた。特ダネの連発で快進撃を続けている同誌の編集トップだ。まだ五十歳代。「新聞、テレビにできないことをどんどん出しますよ」と、お酒も飲まずに意気込みを示した（実は、かつては大酒飲み。湘南海岸で飲酒のうえ、泳いで溺れそうになり、以降、酒は自制して飲まない。えらい！）。

二〇一七年春、『「週刊文春」編集長の仕事術』という本を著した。著書中には筆者と元警察庁長官との交流の話も出てくる。元長官とは、あとで述べるが、音楽仲間だ。

ともかく、新谷氏は人脈を徹底的に大事にする編集プロフェッショナルであると尊敬している。

会には東京新聞のかつての部下も加わり、歓談の杯を交わした。寒くて、雪が舞う日だったが、話の輪で心は温かくなっていった。年老いてなお、楽しきことあり。

夢見る六十八歳

知己の多くはいい年齢になっている。元気な人がいっぱいだ。その一方、顔を見ただけで衰えを感じさせる先輩もいる。「あの人は亡くなったよ」と聞くと、無念、むなしさを覚える。

でも、品川でこういう元気な声を聞くとうれしくなる。よし、もうひと踏ん張りと勇気を与えられる。

アタマをやられたが、二〇一六年の秋は仕事で忙しかった。その一方、靴下がうまく履けなくて「なんでだ」とイライラを募らせることもあった。まだアタマの後遺症が残っているのだろうか。

十月は講演が三回で、それもひとつは青森県むつ市まで行かなければならない。別件で雑誌社から執筆依頼も〝入荷〟した。中断していた著作の『台湾で見つけた、日本人が忘れた『日本』も印刷直前に入っていた。けっこう必死に台湾原稿を見詰め直した。

そんな時期、むつ市に行った。十月中旬というのに寒い。荒涼たる海辺の原野に、大きな工場があった。一時間半ほどの講演をなんとかこなした。夜はむつ市内の料理屋に接待されたが、舌がんがどうなるか、気は重かった。

むつ市の次に東京での講演が待っている。舌がん手術のあとだ。話ができるかどうかが一番心配だった。話ができなければ講演はできなくなる。相手側に迷惑をかけてしまう。しかし、手術が終わると普通に話せた。ありがたいことだった。

病気だけを考えていると憂鬱になる。楽しいことを敢行しなければと自分に言い聞かせ、夢見るようにした。

南国の白い椅子、白いテーブルでトロピカルフルーツをつつく。スペインで思う存分、生ハムのハモンイベリコ・ベジョータを口に放り込む。イタリアではスパゲッティー・カルボナーラをほおばる。台湾ではマンゴーをむしゃぶる。楽天的なのかな。いずれの国も何回か遊んだが、もう一度でも二度でも行けることを願った。

亡くなった俳優の小沢昭一さんを何度も取材したことがある。「あちこち出掛けていて、あぁー、いいなー、と思う地がいっぱいあるのです。それを彼女に見せてあげたいのです」。彼女とは奥さんのことである。そして「僕が消えてしまわないうちに実現させたい」と語っていた。

5　生死のなかに桜花

終活セミナー

一般社団法人「ゆかり協会」というボランティア団体がある。事務所、セミナー会場は東京・田町。その団体の理事を引き受け、運営に参画している。「終活」に関するセミナー開催が主な活動だ。自らも講演している。

今を楽しむために〝終わり〟の準備をしておこうというのが趣旨だ。最近は、死に場所、葬儀、お墓、遺産処分などをきちんと伝え、後腐れなく逝こうと考える人が多くなっている。「縁起でもない」ではなく、身辺を整理しておいて第二、第三の人生を楽しもうということだ。だから、参加者の大半は高齢だが、みんな明るい。どなたも顔の色艶がいい。会では海外旅行の話が飛び交うなど、元気いっぱいだ。

アタマをやられる直前、ゆかり協会の理事会で誰からともなく「台湾にあるテレサ・テンのお墓に行きたいな」「高齢者施設を見てみたいな」という話が持ち上がった。コンダクターは筆者にならざるを得ない。「行きましょう」と旅行を五月に設定したものの、脳梗塞になって「悪いが」と取りやめた。

仕切り直し旅行は十月下旬にした。台風の終息を待ったからだ。一行は七人。羽田空港に集合した。通関時、筆者はペースメーカーがあるため、レントゲンの脇を通った。ペースメーカー手帳を示せばＯＫだ。

台湾では故宮博物院、九份(きゅうふん)など名所を見学したが、会の趣旨からして、テレサ・テンのお墓を訪れないわけにはいかない。台湾北部にある墓苑は雨が降り、墓石も濡れていた。お参りをして、丘陵に造られた墓苑の立派さに感心しながら、そこを後にした。ほかに老人ホーム、葬儀会場なども見聞した。

夜は参加者同士の懇談である。東京都市大学教授（退職）で元ＮＨＫ記者の小俣一平(おまたいっぺい)氏、元『日刊ゲンダイ』記者で今はＢＳ11役員の二木啓孝氏の二人部屋に全員集合だ。「終活」の実務を担っている三国浩晃(みくにひろあき)氏、元産経新聞記者・山中保男(やまなかやすお)氏、栃木県で「終活」関係事業を営んでいる大野益通(おおのますみち)氏、横浜国大大学院の木村由香(きむらゆか)氏らが、酒、つまみを持ち込んできた。もちろん、酒盛りである。梁山泊といったムードで、喧々囂々とした話で夜は更けていった。

六十代が三、四人、一番若い人が四十歳代。どちらかと言えばいい年である。みなさん、台湾はほとんど初めてで、強行スケジュールをこなしながら、夜はどこかへ出掛けて行った。元気だ。

グループ添乗員役の筆者は舌がんのやまい明けでもあり、ホテルでぐったり。体力不足である。無理はしない。独り酒をやって寝た。

日々酔うて泥に埋もるも春の夢　栄酔

大楽芸会

毎年、十二月に東京・銀座で演奏会が開かれる。「大楽芸会」と称する。筆者がまだ東京新聞で編集委員だったころの二〇一〇年、ヤマハ銀座ビルが建て直され、新装オープンした。地下にイベントスペース「ヤマハ銀座スタジオ」が新設され、ヤマハに勤務していた知人から「ホヤホヤなので使ってみてくださいよ」と施設使用の声がかかった。

　東京新聞社員を中心とするロックバンドやジャズグループに「やってみるか」と持ちかけた。千葉支局時代からおつき合いいただいて四十年ほどになる元警察庁長官はピアノのキャリアが長い。元長官を中心に警察庁の現役、ＯＢらによるストリングスが結成されている。話を投げた。「やろう」という声から「大楽芸会」開催の運びとなった。

　ロック、ジャズ、クラシック、三味線、コーラスなどジャンルを問わない。百余りの席は埋まって立ち見も出た。

　筆者はフラメンコギターを演奏した。大学時代にやっていたが、新聞記者になってからは忙しくて断念していた。

　金沢時代の五十五歳のとき、胃がんの手術を受け、思い出を蘇らせようと、川崎の自宅からギターを運んできた。やまいから明けたばかりだから力は入らないが、指のほうはけっこう覚えていた。

「大楽芸会」の開催は毎回、クリスマスのころだった。二〇一六年暮れはヤマハの会場が予約でいっぱいになってしまった。東京・六本木でライブスタジオを経営していた音楽好きの弁護士さんに相談したところ「今は銀座に移っています。音響設備には自信があります。テーブル席は百人以上です。どうぞ使ってください」というので会場確保をお願いした。

二〇一六年は春から初夏にかけて、脳梗塞、心臓病などに遭遇し、ギターはお預けになっていた。秋から「大楽芸会」を励みに練習に入った。しかし、記憶が飛んでいるのか、次のフレーズを急に忘れてしまうのだ。が、指は勝手に動いていた。

その年暮れの「大楽芸会」には友人、知己らが多数来てくれた。長女のピアノと小生のギターで何曲か披露した。クラシックストリングスはプロ級の演奏を聴かせてくれた。会は盛況のうちに終わった。

なんだか、遊んでばかりいるみたいですね。でも、この楽しみが生きる滋養なのかもしれません。

海鼠のように

ふと、思い出した。「海鼠(かいそ)」。ナマコの話である。イギリスの歴史学者だったかと思う(トインビーだったかな)。彼の言説は概ねこんなふうだった。

「イギリスでは海鼠が珍重されていた。近海で獲れなくなり、漁師は遠くまで出掛けるようになった。しかし、帰りの船の中で海鼠はぐったりしたり、死んでしまう。そこで、漁師は船の海鼠の生簀にカニを投入した。海鼠は食われまいと必死に抵抗し、港まで生きて帰ってきた」

不安。気がかり。これがまた生への意欲を支えていたという物語である。

平穏で、不自由なし、病気なしの生活が理想だが、そんな人は少ないだろう。誰もが不安を抱えながら生活をしている。不安がなくなれば萎えてしまうかもしれない。やまいとともに海鼠のように生き永らえてきた。「強運」か「不運」かは、判断しかねる。どちらにしても「運」によって生かされてきたと考えざるを得ない。

しかし、ここまで生きてきて、先に逝ってしまった人たちのことを思うと、申し訳ないような気持ちになる。

喪中はがき

ある出版人は中国・上海に赴任が決まり、着任したがすぐに脳出血で倒れてしまった。がんによって五十歳代で闘病生活を強いられた同僚。北陸の地で脳出血に襲われた部下。いずれの方も息を引き取った。

尊敬する先輩のフリーライターは食道がんと知らされたが、手遅れ状態だった。全摘手術を受けたものの亡くなってしまった。今、長崎・対馬（つしま）のお墓に眠っている。

また、二〇一六年暮れに六十歳代のゴルフ仲間が年末に酔って帰り、未明に風呂に入って溺死してしまった。考えると憂鬱になる。人生九十年、百年というのに……。

秋になると「喪中につき新年のあいさつを……」というはがきが舞い込んでくる。年々増えるばかりだ。旅立ちはみんな平等のはずだが、不公平も多い。

老牛のひと声残し枯れ野去る　栄酔

やまいからの再生

かつて不治のやまいとされた肺結核やがんなどは、克服され、または克服されつつある。それでも、日本人の死因の上位にがん、心臓病、肺炎、脳卒中が並んでいる。脳卒中は罹患者の多くが後遺症を抱えると言われる。

講談社の『週刊現代』二〇一七年四月八日号が「『脳卒中』になったらこうして生

き延びろ」という特集を組んだ。専門医の話として、心臓などでできた血の塊が脳で詰まる「脳塞栓」や脳の血管が狭くなって詰まる「脳血栓」が脳梗塞と言われ、発症患者の一五パーセントが死に至るという。

原因はたばこ、酒、肥満などと書かれている。そうであろう（筆者の場合、あまり簡単に〝うん〟とはいえないが）。罹患したあと後遺症に苦しむケースも多いという。『週刊現代』は、長嶋茂雄さん、西城秀樹さんの脳梗塞ケースにも触れ、リハビリによって一定段階まで回復した生還劇も紹介している。

予防法はあるのだろうか。記事では血液ドロドロを回避するため、適切な水分補給が必要という。肥満解消、血圧管理も大切になると解説する。

前兆は筆者のように全くなかった場合もあるが、言葉が出ない、呂律（ろれつ）が回らない、箸（はし）を落とすなどの一時的現象も起こり、見落とさないことが大切とある。何よりも、異変を本人、家族が感じ取ったら、一分でも早く救急車を呼び、病院に行くことである。脳梗塞だとすれば、脳細胞が時間とともに壊死していく。早い治療が救命につながることを強調している。

自分に発症し、病院のベッドで後遺症も覚悟していたが、幸い手足は動き、口もきけた。ありがたい。さらに、まさか、家に帰れるとは思ってもいなかった。自宅に戻ってこうして原稿を書くことができるのはやはり「運」なのだろう。

病院を渡り歩こう

繰り返すが、早期発見、早期治療、そしてセカンドオピニオンが大事かと思う。臆せず、多くの医療機関を訪ねることだ。そう痛感した。しかし、病院を替えるのはなかなか勇気がいる。

ある大手企業の五十歳になったばかりの企業戦士が甲状腺がんに冒された。がん専門病院、大学系列病院、特殊治療を施すクリニックなどを渡り歩いた。最終的にがん専門病院に落ち着き、治療を受け、今は経過観察状態になっている。一抹の心配を抱えながら、何事もなく会社に勤務し、円満な家庭生活を送っている。

四十歳代半ばで前立腺がんを知らされたかつての部下も病院を渡り歩いた。今は納得できる治療方法の病院を見つけ、がんは快癒状態にあるという。

こんなケースもあった。ある女性に腎臓からがんが見つかった。腎臓のがんというのはあまり聞かない。腎臓は全身を回っている血液を濾過し、きれいにして血管に戻す臓器だ。老廃物は小水とともに体外に出す。この機能が落ちれば透析という、人工的に血液を濾過する器械に頼らざるを得なくなる。侮ってはいけない臓器である。

当該の女性は悩みに悩み抜き、腎臓がんについてネットで調べ尽くしたという。回復、復帰した人のケースを探し、その病院を訪れ、手術を受けたという。がんは取り切れたらしい。次の難問は転移の有無にある。がんは臓器のどこにでも忍び寄ってくる。今のところ転移は見られないという。女性はその後も元気で仕事にいそしんでいると聞く。いい状態にあることを同病者として祝福したい。

もう一度ゴルフを

病気知らずの元気老人にはつい「いいですね、元気で」とあいさつしてしまう。大酒飲みもヘビースモーカーもいるから、健康管理とは何かを考えてしまう。もちろん、やまいに悩んでいる人もいる。がん、脳卒中、心臓病、糖尿病、認知症、パーキンソン病などなどだ。

天から与えられた分担かと思うが、「なぜ、自分が病気になるのか」と不遇を嘆く人がいる一方、海外旅行、温泉旅行を楽しみ、グルメレストランに行き、ゴルフに興じる元気な高齢者もいる。天は公平ではない。

ゴルフを断念して二年。テレビであのグリーンを見ると、無性に「今度は90台」なんて夢見て、自室でスイングしてしまう。今のところかなわぬ願いであるが、いつかは……。

筆者が創設した「ゴルフ合宿」という会が年に二、三回開かれていることは既に述べた。二十数年続いている。今は福島県・白河のゴルフ場が〝定宿〟になっている。二日間のプレー費、新幹線代、宿泊、夕朝食、風呂込みで二万円前後だ。カネがないのが新聞記者。飛びついて参加してくる記者が増えた。

その会に参加できなくなった。いや、行くことは行くが、ゴルフはできなくなった。1ラウンド回るだけで息が切れる。無理だ。風呂に入り、宴席だけお邪魔し、旧交を温めるという温泉旅行、お花見旅行となった。「いつか再開し、桜の木にボールをぶつけ、花を散らしたい」と唇を嚙みしめている。

身障者手帳

二〇一七年一月、所用があって金沢のゴルフ大好き女性に電話をした。七十歳になる元気そのものの方である。夕方だった。「村串さん、今、練習終わったところよ」。ゴルフ練習場だった。この真冬によくまあと、感心した。ゴルフはとても上手だ。福島合宿にも気軽に来られる。

用件を話し終えると、彼女が「ちょっと待って。偶然、一緒になった人がいるから、電話を代わるね」。

民放の石川テレビ会長・高羽国広さんだった。練習をしていた。七十三歳。筆者のかつての上司で、中日新聞で活躍された方だ。先の豪快女子は茶畑佳子さんという。中日新聞北陸本社で事業関係を預かっていた。チャキチャキとした仕事ぶりと人脈の広さに周囲は一目置いてきた。

それにしても雪の金沢でゴルフ練習。頭が下がった。高羽さんは「村串君、ゴルフ合宿に君が参加するなら、僕は万難を排して行くからね」。うれしい言葉だ。

高羽さんは「烏骨鶏(うこっけい)の卵が身体にいいのだよ。ゴルフで身体も動かしている」と健康の秘訣を話してくれた。その鍛錬のせいなのか、元気そのものである。

うらやましくもあり、ねたましくも思うところだ。こちらはアタマ、心臓、肺のほか、がんでは消化器、咽頭、ベロに発症し、腎機能の低下もある。まともな臓器はない。辛いとは思わないが、情けない。

今はペースメーカーを挿入したことで一級身体障害者に認定されている。まさか自分が身体障碍者になろうとは思いもよらなかった。でも、障害者認定を素直に受け入れた。

手帳を示せば遠距離鉄道は半額で乗れる。バスも半額、ＥＴＣも半額である。五百円のタクシーチケットも年二十四枚もらえる。確定申告の障害者控除もある。そんな身体になってしまった。いつか手帳を返上したい。

また中咽頭・舌がん

しかし、安穏の日は遠そうだ。さらに激震が待っていたからだ。本書を書き終えつつあった二〇一七年三月二十一日火曜日、がんセンター頭頸部の診察があった。雨と戻り寒のなか築地の病院に赴いた。

最初は放射線治療科の診察だった。鼻からファイバースコープを入れ、「声帯付近から血が滲んでいます。でも、悪いものではありません」「朝方の咳と痰がひどく、疲れもあり、テレビでみたら肺のＣＯＰＤという症状にそっくりでした」。たばこや有害浮遊粉塵が原因と考えられている。しかし、がん専門病院。そこから先の説明はなかった。これは仕方ない。

このあと頭頸部の吉本世一先生の診察を受けた。先生はいきなり私の口を開け、鉗子のような器具で異状の有無を探った。すると、「右側面の舌根から中咽頭にかけてがんの姿が見られます」。名人の吉本先生の宣告だ。覚悟した。「またですか」「舌の根っこから中咽頭に見られます。生検しますよ」

また麻酔なしで舌、中咽頭から三回、肉片を取られた。看護師さんにホルマリン容器を持ってこさせ、その中に肉片を漬け込んだ。「来週、生検結果をお知らせします」と言うが、がんの存在は確実だろうと思った。鼻の内視鏡からもがんらしき病巣を捉えたらしい。

「今回は全身麻酔でやりましょう。口からメスを入れての切除になります。手術のための検査をこれから受けてください。入院手続きもしてください。入院、手術待ちの患者さんがたくさんいるので、一ヵ月前後待ちになることもあります。手続きは早いほうがいい」

「がんはまだ初期です。早期発見のために定期検診に来てもらっているわけですから」

前年十月に舌がんの手術を受けて、その五ヵ月後にまた舌がん。中咽頭もやられているという。遺伝的がん体質なのか、生活習慣なのか、素人には判定のしようがない。

痛みも痒みもない。何の症状もない。検診で言われなければ、多分見逃し、手遅れになっていたのかもしれない。がんの初期の無表情が怖い。それを見つけてくれるお医者さん。ついているのか、ついていないのか……。

くたくたの身体を引きずって二階で採血、採尿。四階でレントゲン、五階で心電図と呼吸検査。よろよろと一階に降り、入院手続きをした。十四階B病棟までは決まっているらしいが、手術室の空き待ち状態で、入院日は先になるらしい。

部屋代金は最上級特等個室が一日十万八千円する。ここは会社社長か政治家、芸能人だろう。いつもの四人部屋でいいと言ったが、ここも窓側だと一日五千四百円する。長くはないだろうから「どこでもいい」と言ってまかせた。

その日の診察の会計を終え、一万六千円をカードで払い、外に出た。重い荷物を背負わされた。それでも街を歩くと解放感を味わえる。まだ雨が降っていた。「なんとかなるだろう」と楽観した。

妻に電話した。「え、なんで」「どんな治療になるの」「たばこ、酒をやめない報いよ」と怒られた。確かに入院費用、手術代を考えると憂鬱になる。

もう余禄

不思議なことがある。先述した「ゆかり協会」での出来事である。がんセンターで宣告を受けた四日後の三月二十五日土曜日、東京・田町の事務所で会の理事会が開かれた。

六十歳を超えた理事の一人が「しばらく参加できないかもしれませんので、よろしく」と切り出した。続けて、「舌の付け根ですね、そこと中咽頭からがんが見つかり、治療を受けます。来週治療方針が決まります」。

なんと、同じ症状ではないか。がんは初めてだという。たばこも十年前にやめていると聞いている。それでもがんは襲ってくる。不摂生者と同じやまいを抱える。不条理とも言える。

慶應義塾大学病院で診てもらっているという。治療方法は確定していないが、切除、抗がん剤治療になるだろうと言う。こちらはがんに対する知識を持ち合わせていない。アドバイスもできない。「じゃあ、メールで状態を連絡し合いましょう」ということで別れた。

筆者のほうは三月三十日の検査結果で、念押しのようにクロと出た。とぼとぼと家に帰った。入院の準備をしなければ。事前検査のため、四月四日、がんセンターに行った。桜は二、三分咲き。

まず、八階の麻酔科に行った。先生は「腎臓、心臓が気になりますが、手術は一時間もかかりませんから全身麻酔のリスクはそうありません」と判断してくれた。しかし、「局所麻酔では」と問うと、「全身麻酔のほうがご本人には楽です。ただ、全身だと心臓などの異変を自身で伝えられないという懸念はあります。局所麻酔なら意識があるので手を上げることができます。判断はそちらで」。また、難問である。

次の吉本先生の診察では「支障がないなら全身麻酔のほうが手術時間は短くて済みます。局所だと唾液の呑み込みがあり、口を開けたままの疲れがあるので、手術を中断することがあります。時間がかかります」。全身麻酔に決めた。妻も了解したようだ。入院は五、六日。身から出た錆だ。仕方ない。

また、一つやることができた。老化防止に役立つかな。でも、もう願い下げにしたいところだ。この日、七十代中ごろの先輩が栃木県でゴルフをやっているという話を聞いた。なんともはや……。

二〇一七年四月十二日、台湾旅行に行くような携行品とともにがんセンターに入院した。桜花は満開。よくこの季節に当たる。病室には説明のため頭頸部や麻酔科の医師、看護師、手術室の看護師らが入れ替わりやってくる。翌十三日、午前十時ごろ、九階手術室に。酸素マスクをあてがわれ、いくつもの機器類が身体に装着され、点滴口から麻酔が投与された。意識不明。起こされて気がつけば十二時。麻酔が効いているから痛みはない。

リカバリー室から病棟に戻された。飲食なし。腹が減るが仕方ない。三日目の昼から水のようなお粥が出た。飲み込み時に口の筋肉を動かすから痛い。

少し歩こうと思い、外に出ると目の前は話題の築地市場。がんセンターに隣接する市場橋駐車場は大型観光バス十台前後で埋まる。場外市場は外国人ばかり。揉めている市場を見納めにしようというのか、鮮魚グルメが目的なのか。四、五年前の入院時

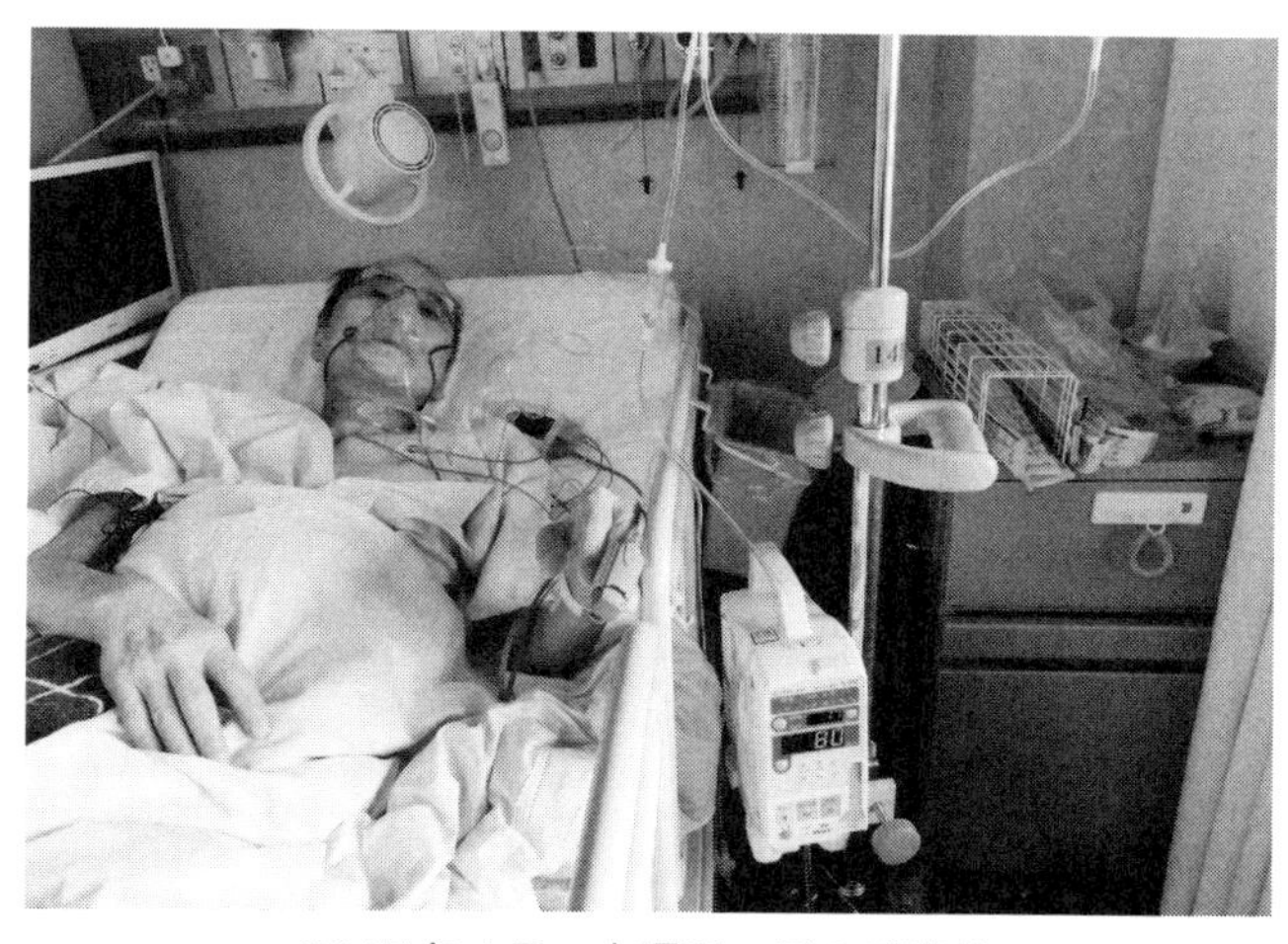

2017年４月、中咽頭・舌の手術後

とは様変わりである。

病棟の同室者は抗がん剤、放射線治療の人たちがおもだった。みんな明るい。パソコン、読書に時間を使い、家族が来れば「退院したらね……」と日常を取り戻すための闘病に励んでいた。

五泊六日で〝収容〟は終わった。入院治療費は八万八千円。担当医師の吉本世一先生は「変わったことがあったらすぐ電話してください」と送ってくれた。

自分はしぶとい。しかし、がんもしつこい。

それでも、まだ生きている。元気老人のあとを追いたい。「まほろばの地」を探したい。そして「行ってみよう、よその国」を夢見ている。
荒野を目指す青年にはなれないが、もう少し、上を向いて歩くことを許してもらいたい。

もう余禄どうでもいいぜ法師蟬　変哲

＊小沢昭一著『思えばいとしや〝出たとこ勝負〟』（前掲書）

おわりに

「強運ですねー」と、よく言われます。確かにそうかと思います。やまいにならないため何かをしたわけではない。防御策を講じたわけでもない。「運」が生かしてくれたのだと思います。

ただ、一つ言えることは早期発見、早期治療のおかげかということです。金沢でセカンドオピニオンによる胃がんの発見。サードオピニオンのがんセンターで食道がんの存在確認。いずれも早期治療によりなんとか延命できてきました。

脳梗塞では救急搬送され、病院でのてきぱきとした治療で、半身麻痺などの後遺症は免れました。倒れたのは人通りが多い駅コンコースでした。夜中のひと気のない道やホームだったら野垂れ死にか轢死(れきし)体で発見されたでしょう。脳梗塞や心臓病に出合ったのは「不運」でもありますが、生還できたのは「強運」があったからだろうと思います。

身体の不調を訴えながら、結果を恐れ、病院検査を避ける人も多いようです。だめです。放置すれば死に至るやまいの元凶がひそんでいるかもしれません。医学治療は日進月歩です。不治とされたやまいも快癒するこのごろです。そのためにも早期発見、早期治療が必要かと思います。どうか、ご自愛ください。

冒頭にも書きましたが、執筆の背中を押してくれたのは講談社第一事業局長の鈴木章一さんです。「書いてくださいよ」と言われるとなんとなく断れない。そういったオーラを発する方です。アイデア、アドバイスをいただき、ようやく刊行にこぎつけることができました。深謝です。

もう一つ。数年前に刊行した拙著『がんと明け暮れ』からも多くを本書に引用しました。出版社「弓立社」を切り盛りする小俣一平さん（元NHK記者）にも感謝です。

今回の出版に当たっては、自分事につき、執筆にためらいはありました。鈴木局長の「病人を元気づけ、励みになるから」との言葉で恥ずかしながら書くはめになりました。

本書が少しでも人さまのお役に立つことができたならうれしく思います。六十八歳になっても、こうして本を書ける幸せ感を味わっています。

講談社の鈴木章一役員、担当編集者の第一事業局局次長・柿島一暢さんのお手を煩わせました。また、北里大学病院、がんセンターには取材で大変お世話になりました。ありがとうございます。

浜までは海女も蓑着る時雨かな　瀧瓢水（たきのひょうすい）（江戸時代の俳人）

二〇一七年夏

村串栄一

（本文中の病状、治療、病因、医師の見立てなどはすべて個人の体験に基づくところです。普遍化される内容ではないことを申し添えます）

【著者横顔】

村串栄一＝むらくし・えいいち。ノンフィクション作家。一九四八年十二月、静岡県生まれ。明治大学を卒業して中日新聞社に入社。中日新聞東京本社（東京新聞）管内の首都圏の各支局に勤務後、東京本社編集局社会部に異動。司法記者クラブ、国税庁記者クラブ、JR記者クラブなどを担当。

中国・北京に留学。帰国後、社会部デスク、司法記者クラブキャップ、事件遊軍キャップ、特報部デスク、写真部長、北陸本社編集局次長などを経て東京新聞編集委員になり、二〇一三年に完全退職。

著書に『検察秘録』『新・検察秘録』『新幹線とリニア　半世紀の挑戦』（以上、光文社）、『がんと明け暮れ』（弓立社）、『検察・国税担当　新聞記者は何を見たのか』『台湾で見つけた、日本人が忘れた「日本」』（以上、講談社）などがある。編集構成には『思えばいとしや〝出たとこ勝負〟小沢昭一の「この道」』（東京新聞）『脱税秘録』（光文社）など多数。月刊『文藝春秋』など雑誌に寄稿し、講演活動もこなしている。終活セミナーなどを運営する一般社団法人「ゆかり協会」理事。俳句の会「百花」同人。

村串栄一

ジャーナリスト。1948年、静岡県生まれ。明治大学政経学部卒業後、中日新聞社に入社。中日新聞東京本社（東京新聞）管内の首都圏の支局勤務を経て東京本社編集局社会部に。司法記者クラブ、国税庁記者クラブ、JR記者クラブなどを担当。司法記者クラブキャップ、事件遊軍キャップ、社会部デスクなどを歴任。特報部デスク、写真部長、北陸本社編集局次長などを経て東京本社編集局編集委員で定年退職。引き続き特別嘱託として編集委員を務め、2013年暮れに完全退職。『台湾で見つけた、日本人が忘れた「日本」』『新聞記者は何を見たのか 検察・国税担当』（ともに講談社）、『検察秘録 誰も書けなかった事件の深層』（光文社）など著書多数。

講談社＋α新書 751-2 B

不死身（ふじみ）のひと

脳梗塞、がん、心臓病から15回生還した男

村串栄一（むらくしえいいち） ©Eiichi Murakushi 2017

2017年7月20日第1刷発行

発行者―――鈴木 哲

発行所―――株式会社 講談社

東京都文京区音羽2-12-21 〒112-8001

電話 編集(03)5395-3522

販売(03)5395-4415

業務(03)5395-3615

カバーイラスト―――アフロ

デザイン―――鈴木成一デザイン室

カバー印刷―――共同印刷株式会社

印刷―――慶昌堂印刷株式会社

製本―――牧製本印刷株式会社

本文データ制作―――講談社デジタル製作

定価はカバーに表示してあります。

落丁本・乱丁本は購入書店名を明記のうえ、小社業務あてにお送りください。

送料は小社負担にてお取り替えします。

なお、この本の内容についてのお問い合わせは第一事業局企画部「＋α新書」あてにお願いいたします。

Printed in Japan

ISBN978-4-06-291500-7

講談社+α新書

イギリス人アナリスト 日本の国宝を守る 雇用400万人、GDP8パーセント成長への提言 デービッド・アトキンソン
日本再生へ、青い目の裏千家が四百万人の雇用創出と二兆九千億円の経済効果を発掘する！ 840円 672-1 C

イギリス人アナリストだから わかった日本の「強み」「弱み」 デービッド・アトキンソン
日本が誇るべきは「おもてなし」より「やわらか頭」！ はじめて読む本当に日本のためになる本!! 840円 672-2 C

三浦雄一郎の肉体と心 80歳でエベレストに登る7つの秘密 大城和恵
日本初の国際山岳医が徹底解剖!! 普段はメタボ…「年寄りの半日仕事」で夢を実現する方法!! 840円 673-1 B

回春セルフ整体術 尾骨と恥骨を水平にすると愛と性が甦る 大庭史榔
105万人の体を変えたカリスマ整体師の秘技!! 薬なしで究極のセックスが100歳までできる！ 840円 674-1 B

「腸内酵素力」で、ボケもがんも寄りつかない 髙畑宗明
アメリカでも酵素研究が評価される著者による腸の酵素の驚くべき役割と、活性化の秘訣公開 840円 676-1 B

実録・自衛隊パイロットたちが目撃したUFO 地球外生命は原発を見張っている 佐藤守
飛行時間3800時間の元空将が得た、14人の自衛官の証言!! 地球外生命は必ず存在する！ 890円 677-1 D

臆病なワルで勝ち抜く！ 日本橋たいめいけん三代目「100年続ける」商売の作り方 茂出木浩司
色黒でチャラいが腕は超一流！ 創業昭和6年の老舗洋食店三代目の破天荒成功哲学が面白い 840円 678-1 C

「リアル不動心」 メンタルトレーニング 佐山聡
初代タイガーマスク・佐山聡が編み出したストレスに克つ超簡単自律神経トレーニングバイブル 840円 680-1 A

人生を決めるのは 脳が1割、腸が9割！ 「むくみ腸」を治せば仕事も恋愛もうまく行く 小林弘幸
「むくみ腸」が5ミリやせれば、ウエストは5センチもやせる、人生は5倍に大きく広がる!! 840円 681-1 B

「反日モンスター」は こうして作られた 狂暴化する韓国人の心の中の怪物〈ケムル〉 崔碩栄
韓国社会で猛威を振るう「反日モンスター」が制御不能にまで巨大化した本当の理由とは!? 890円 682-1 C

男性漂流 男たちは何におびえているか 奥田祥子
婚活地獄、仮面イクメン、シングル介護、更年期。密着10年、哀しくも愛しい中年男性の真実 880円 683-1 A

表示価格はすべて本体価格（税別）です。本体価格は変更することがあります